每一本书，都有它的灵魂

总有相似的灵魂，正在书中相遇

GROWING UP ON TIME

饶雪漫 —— 著

塔里的女孩

北京时代华文书局

图书在版编目（CIP）数据

塔里的女孩 / 饶雪漫著. -- 北京：北京时代华文书局，2021.9

ISBN 978-7-5699-4368-9

Ⅰ.①塔… Ⅱ.①饶… Ⅲ.①故事－作品集－中国－当代 Ⅳ.①I247.81

中国版本图书馆CIP数据核字(2021)第172888号

塔 里 的 女 孩
TALI DE NVHAI

著　　者｜饶雪漫

出 版 人｜陈　涛
选题策划｜页行文化
责任编辑｜周连杰
装帧设计｜创研设
责任印制｜刘　银

出版发行｜北京时代华文书局　http://www.bjsdsj.com.cn
　　　　　北京市东城区安定门外大街136号皇城国际大厦A座8楼
　　　　　邮编：100011　电话：010-64267955　64267677
印　　刷｜北京兰星球彩色印刷有限公司　010-58411596
　　　　　（如发现印装质量问题，请与印刷厂联系调换）

开　　本｜880mm×1230mm　1/32　印　张｜7.25　字　数｜126千字
版　　次｜2021年12月第1版　印　次｜2021年12月第1次印刷
书　　号｜ISBN 978-7-5699-4368-9
定　　价｜42.00元

版权所有，侵权必究

rowing Up On Time

塔里的女孩

GROWING UP
ON TIME

目录
Contents

无悔的青春 001

丑女玫瑰 021

爱在初夏的日子 059

当你经过我身旁 085

塔里的女孩 101

未完的小说 131

按时长大 157

GROWING UP ON TIME

无 悔 的 青 春

在故事开始之前

写这篇小说的时候，我十四岁。

一个对未来充满惶恐同时也充满期待的青涩女生。

那时候流行看席慕蓉的诗歌，那时候"早恋"是个很可怕的词，那时候的我背着"偏科"的罪名，整日都在不知疲倦地写啊写啊写，却从不敢想象自己会成为一个作家。

小说在《少年文艺（江苏）》发表的时候，我差不多已经快忘记自己曾经写过这篇小说。我在一个阳光灿烂的下午从收发室取出样书，看着自己变成铅字的名字，喜悦悲伤交织，排山倒海。

当时还没有电子邮件这东西，这篇小说曾经让我收到了上千封读者的来信，是真正的信。我每天拎着一大塑料袋的信从校园喧哗的操场疾步走过，开始想，自己可能会和别人有那么一点点的不同。

后来我一直喜欢下午的阳光。

它让我相信这个世界任何事情都会有转机，相信命运的宽厚和美好。

01

青春真的是不打一声招呼就来了。

青春的烦恼也是。

雪儿将目光投向窗外,望着那片茫茫的雨雾一言不发。每每春末,这儿便有这种小雨,缠缠绵绵细细软软地下得人心直痒痒。在你愉悦的时候,它便织出许多憧憬许多希望;在你忧伤的时候,它便缠出许多解也解不开的愁结来。

雪儿是个热情向上充满勇气的女孩子,一个从我们认识开始便帮着我长大的人。也许命中注定我将当一辈子普通人。从小学到高二,无论我竭尽全力去十哪一件事,总十不能十得出色。只觉得自己的青春像一只鸟,一只关在铁笼子里的美丽的鸟,怎么也飞不到树林里去展露风采。但雪儿不一样,她走到哪儿,便将那份不可磨灭的热情和自信带到哪儿,她的一举一动都能让人不由自主地联想到她的辉煌前途并且无限仰慕起来。

这些年来我就像是一棵一声不吭的草,心甘情愿地衬托着她这朵五彩绚丽芬芳四溢的花。

但现在她望着窗外的眼神是柔弱而迷茫的，一种在她身上从未找到过的柔弱和迷茫。她是那样醺醺然地醉进这场雨里，就如同从去年冬天起她就跌入那场十七岁的恋爱，跌得迷而不返那样。

雪儿的睫毛很长很长，一扑一闪间总让人心动。从前每次透过它我都能想象到一座很大亦很静的教堂，教堂里滴着露珠的黄玫瑰和古老的吱呀作响的手风琴。但现在，那睫毛上挂着的是一份长长的忧伤，一动不动地挂着，让我突然想起在黑暗中穿了白布衣举着蜡烛款款而去的修女。

"漫儿，"她突然转过头来，"你还记不记得初中时我们所说的那些傻里傻气的话？"

我说我记得，我当然记得。

在每一次吟完一首诗唱完一首歌看完一本小说以后，我们都喜欢害害羞羞半遮半掩地讲一些那时听起来挺令人忐忑不安的问题。

那时她喜欢把我们班上的男生都丑化成害羞的大虾子，有时也说说在某个星期天突然有两个"大虾子"去拜访她，坐在她家的沙发上微红着脸什么的。而我唯一能做的就是拼命找出一些幻想来搪塞自己在这方面的空白。

其实我是很不喜欢回忆的，那样会让我失望透顶地发现从初一到高二我没有一丝一毫的进步，当然，书架上越堆越多的参考书除外。以前我是很喜欢那个竹架的，特别是夏天，摸上去清凉而光滑。但现在不了，因为它浑身上下就只散发那一大把旧书味，一直一直霉到你心里去。

"那时你说，你希望在你最失意的时候能有一个穿黑衣服的男孩牵着你的手走出失意。"雪儿说，"但我说二十岁以前我不会恋爱，到现在才明白，那时的信誓旦旦是多么苍白无力。"她的嘴角泛起一丝自我解嘲的微笑，我想那场小雨带给她的眩惑已经消失了。

我用一种历经沧桑的口气说："夏这个人理所当然是女孩心目中的白马王子。再说，爱情这东西，要去留不得，来了也挡不住。"这口气把我自己给吓了一大跳，我在哪本书上学到的？

我赶快去客厅给自己倒了杯水慢慢地喝，玻璃杯握在手里是一种刻骨铭心的寒冷。我心里"腾"地升起一种欲哭无泪的感觉。说真的，我真恨跟雪儿讨论她的态度。让我跟她说什么好呢？背一大通早恋的危害？还是讲一大番初恋的甜蜜？

02

从十四岁开始,我就感觉自己走进了一本很乏味的小说里,并且怎么走也走不出来,似乎自己的一言一行都被躲在暗处的那个作家所操纵着,由不得我自己。

这不,今天我又干了一件事后想起来后悔万分的事。

雪儿硬拉着我陪她去那个挺高级的设有卡拉 OK 的酒吧跟夏见面。刚踏上那条柔软的淡蓝色地毯时,我的心中升起一大片热烘烘的愿望。我想等到我能赚钱的时候,一定要昂首挺胸地一个人来一次。

夏坐在那儿等我们。不,应该说是等雪儿。他的确很帅,我想很多十七岁的女孩见了他都会这么想。

雪儿指着夏对我说:"坐吧,不要客气,不要客气,他是'有产'阶级。"

夏听了只是温和地对她笑。在那样的笑里,雪儿就像是一个纯洁而高贵的公主,又像一棵在朗朗的阳光里恣意生长的小树。我羡慕得心里发酸。

很后悔,不该来。

他们的谈话远不如我想象中那么浪漫那么随心所欲，我觉得自己像一只100瓦的大灯泡，刺目地立在他俩的中间，而屋顶上那一大排乳白色的吊灯，却像鱼眼睛一样嘲弄着死命地盯着我。

我猛然想起七十周年校庆雪儿与夏初识的情景。

雪儿有一副清亮的好嗓子，夏是歌舞团的主力吉他手，那一次他们合作得很成功，一曲《奉献》赢得了新老校友雷鸣般的掌声。我还记得夏漫不经心地夸她："唱得不错，真的不错。"雪儿听了只是笑，带点羞涩的那种笑，笑着笑着像一朵含苞的花不可阻挡地开在冬日的风里。

夏问雪儿："你的朋友不太爱讲话，对吧？"

雪儿说："对呀，认识这几年都是我叽叽喳喳不知疲倦地讲。"说完他们便都转过头来望我一眼，我赶紧为自己眼前那杯昂贵饮料加了好大一块冰。可千万别脸红，我对自己说。

哎，有人爱似乎很好，至少原以为会朝气蓬勃的青春不会像现在一样枯燥而呆板。或许过了多年以后，会有一个男孩像夏爱雪儿一样地爱我，来改变我的生命。

我觉得爱情是最能改变人的东西，雪儿不是变了吗？记得有一次元旦，有不落名的男孩寄很贵的贺年卡给她，说她是一块拒绝融化的冰。为此我们笑了好久，但现在的她不正欢悦着一滴一滴地在夏的面前融化着吗？

但那一天要等到什么时候？到了那个时候，我是否还有和今天如一的心情？

这一次他们的聚会显得很无聊，很大可能是因为我在的缘故。当一个长头发的男青年跳到台上去唱一首阴阳怪气的歌时，我们就准备离开了。

分手时夏并没说那些希望下次再见面的客套话，我想从他的眼睛里找出他对我当了这么久"电灯泡"的宽恕和容忍，于是我找到了，那一瞬间我为自己的卑微感到心痛。

回家的路上雪儿指着街两边许多新开的店给我看，什么小香港发廊、快活林舞厅、宝丽金音像，简直是五花八门，这时我才恍然醒悟过来，似乎已经是很久很久没有上过街了。我心酸地感到街上吵嚷的世界不是我的，每一个繁华的角落都不是我的，我的世界只有六平方米——我六平方米的小屋。

也不知道是从哪一天开始的，我习惯于将自己紧关在自己的房间里。妈妈曾经有些恼怒地问过我："你天天紧关着门干吗？"

"学习。"我的理由苍白无力。

爸爸很奇怪："我们又不吵你，干吗非关住门不可。"

我无语。可后来还是关门，但每次听到那"砰"的一声，便能感觉到他们焦灼的目光在身后像箭一样盯着我。

"对不起。"我只能在心里这么说，毕竟辛辛苦苦地将我养大,我却这样蛮横地将他们挡在我的世界之外了。

可我无法对他们说我只是想要一个完全属于自己的空间而已。那样他们会觉得委屈,说不定还会惊讶地反问:"世界真大啊……空间?"

03

"他气喘如牛。"雪儿这样向我形容汤 Sir（先生）。"汤 Sir"是我们全班同学对班主任的简称。

"你们都谈了些什么？"说这些话时我们正在食堂里吃饭，四周闹哄哄的，雪儿将还剩下一半的饭菜全给拨拉到桌子上。

"我骂他别里科夫。"她说，"我是不经意骂出口的，他很生气。"隔了好一会儿，她敲着碗边又说："其实我知道他是为了我好，知道他所说的每一个道理都是对的。但是他却不肯重新回到十七岁来替我想想，哪怕是一秒钟。算了，不说了，咱们走吧。"她站起来挽住我，"一会儿值勤的看见我把饭倒桌上又该骂我了。"

"你不怕吗？"我问，"我指的是你父母。"

"怕什么？"她奇怪，"所有的小说都昭示着我的恋爱会有这样的一天，我既然做了，就有足够的心理准备。"她说。

我挽紧了她。

"老师的消息也来得真快。"我说。

"算了吧，漫儿。"她摇摇头，"哪怕你自认为是用铜墙铁壁保护着的秘密,也敌不过一张嘴或者是一张邮票。"

"你的意思是,若要人不知,除非己莫为?"

"这话听起来很老土。"她笑,"我不全是这个意思。"过了半晌她才低低地说:"You don't know(你不知道),漫儿。"

我猛地想起一句歌词:"你说我像云捉摸不定,其实你不懂我的心……"

雪儿对我来说就像是一片云,因为我不懂她的心。

汤 Sir 叫我去办公室时我也这么说。

"怎么会呢?"他纠正我,"你们做了四年多的好朋友,你应该知道雪儿同学的自尊心很强,我们教师父母去教育她反而会让她产生一种逆反心理,但你从好朋友的角度去劝她,她一定会听的。"

"不会,也许她一样不会听的。"我拒绝他。我想这件事我不能卷进去。

"漫儿同学,"他拳拳地望着我,"雪儿一直是我们高二(1)班的骄傲。你看,这马上就是期末考了,早恋是要耽误学业的呀!再说,你总不能看着她误入歧途而袖手旁观吧?"他摆出一副小学教师才有的呕心沥血的面孔,微微向前凑了一下,让我突地想起一面在狂风骤雨中还急切向上舒展的旗帜。"劝劝她,啊?"他再补充。

这表情让我战栗,我即刻败下阵来。

"好的。"我说。

误入歧途?幸亏他不是语文老师,否则我会鄙夷他的。

走到操场上,才发现雪儿坐在那棵古老的大树下看书,阳光斑斑驳驳地照在她宽大而柔软的白裙子上。

"一个多么与众不同的女孩子啊!"我在心中轻轻感叹。

后来我们一起乘公共汽车回家。看着车窗两边渐渐退去的景物,我深深地感到人生也是如此,有多少美丽的东西是拿不到也留不住的啊!

为什么没有一个人说雪儿是在为自己的青春争取一点什么?为什么?

回到家里,我惊喜地发现妈妈给我买了一条白裙子,和雪儿的一样洁白一样宽柔。她很亲切地说:"十七岁的大姑娘了,穿白衣服更能显得飘逸一些。"晚上我替她吹刚洗过的头发,有几根白色的非常刺眼。我昏头昏脑地说:"妈妈,这次期末考我一定争取进前十名。"

夜深了,我睡不着。想到那几张绞尽脑汁仍然空白的数学试卷和自己轻易的承诺,我真有些绝望。

将冰冷的枕头压到脸上,让那份冷一直浸到大脑里去。"不知今夜梦中有没有海?"我想。

还是,睡不着。

04

雪儿今天没来上课。

去她家找她才知道,昨晚汤 Sir 来家访过。她在家里"暴乱"一场后去了她表姐家。

她妈妈红着眼对我说:"雪儿这孩子,一向倔强,这一次怎么劝也不肯回家。漫儿,你和她最好,你帮我问问那个男孩,要什么条件可以放过我们雪儿,嗯?"

她把夏说成人贩子似的,我好想笑。

"阿姨,"我说,"您别急,雪儿想通了一定会回家的,我再帮你劝劝。"

班上立刻沸沸扬扬起来。我真不懂,那些整天装出一副纯真面孔的人,那些上课时偷偷看一眼就脸红心跳的男生女生,他们有什么资格来议论别人。

我去雪儿的表姐家看她时,她正坐在那张又宽又长的沙发上沉思。

"我再也不想回那个让人窒息让人讨厌的家了。"她直截了当地对我说,"如果你是他们派来的,我不想听你说什么。"

"是我自己要来的。"我说,"雪儿你别耍小孩子脾气,再说,再说现在离家出走已经不是时髦的事了。"

"够了!"她打断我,"你的话一点也不幽默!你知道他们都说些什么,他们把夏说成不务正业游手好闲的社会渣滓,他们三张嘴加在一起诋毁我一生中最纯真最美妙的感情,现在你也跟他们站在一块儿,来伤害我的自尊,甚至于我的骄傲!"她捂住脸,泪滚滚而下。

我曾经多么羡慕她,到现在为止我才发现她为她的与众不同所付出的代价,到现在我才了解到最洒脱的人一脆弱起来便会脆弱得不堪一击。

"雪儿,"我握住她的手,"你知道我会站在你这一边的,我很笨,说不来话,但我真的是在为你好,我了解你的自尊,我也知道那个晚上的你是多么的无助,但是我们完全不必闹得这么僵的,你说是吗?"

她仍是哭,我从来没见过她流这么多眼泪。

"我下不来台。"她说,"别人越与我作对,我越想去做不该做的事。"

"我理解。"我真的理解她。

"我想在这儿休息几天,有许多事我要一个人想清楚。漫儿你不用担心。"她扬起一张泪脸,"我会好的。"说着她从背后拿出她的诗集本递给我。

我熟悉那淡蓝色的封皮，这样的诗集本雪儿有好多个，以前我曾要求她让我看看，她不肯。

"我一直戴着面具长大。"她说，"现在给你一个真实的我。"

于是第二天，在歌舞团旁边那个取名"茗仙"的小茶馆里，我给夏缓缓地吟起了雪儿的诗：

我曾经颇为得意 / 得意那些你我曾超速驾驭过的东西 / 可在这疲倦的风里 / 一如风疲倦的我 / 却只能记得你说我的诗太朦胧 / 尽管你费尽心机也找不出一点的痕迹 / 就像在那晚的雨雾里我躲进你的雨伞 / 也将所有的秘密躲藏 / 再也找不出一点点纯真和诗意 / 其实 / 又何须呢我的朋友 / 你只能算一个朋友啊在长长的岁月里

"这是《给夏之一》。"说完，我抬起头来看他。他有一些震撼，表情淡淡的。在他的烟雾下我接着念《给夏之二》。

想在你的眼神里成熟长大 / 却依旧只能在你的背影下为赋新词强说愁 / 浪在昨夜升华成星 / 岁月被我淡淡的相思染成冷静的孤独 / 漫漫长路我走啊走啊无限疲倦 / 抬眼一看却仍在世俗的眼睛里 / 无助的我只有抚额轻叹

"她疲惫不堪。"我对夏说。夏的眼睛里有许多关怀的担心的神色。

"她住进她表姐家也不来找我。"他说。

"她是怕你担心。"

"她怕我笑话她。"夏一针见血,"怕我笑她脆弱抑或笑她逃避。"

"我们并不了解。"他无奈。

我接着念《给夏之三》。

很想说一声再见／很想／却不知多年以后成熟的你能否在我虔诚的祈祷声中忆起我朗朗的笑颜／忆起曾有个十七岁的女孩在你的身旁不停地织过一个狂热的梦／如果真要再见／我一定要在长长的站台无言而温柔地看得你心碎／我一定要让你明白我爱你可是我无法逗留／挥手的心／必将是一种凄美的永恒

"我明白你想告诉我什么。"夏灭掉烟头,"我和雪儿都在追求一份虚假的浪漫,正如你说的。"他笑:"雪儿爱得疲惫不堪,而我负荷重重,怕耽误了一个好女孩的前程。"

"你知道你该怎么做?"我问。

"如果雪儿理解的话。"他说,过了一会儿又补充,"当然她会。"

我放心地笑。

走的时候夏对我说:"雪儿说得对,我只能算一个朋友在她长长的岁月里。"

我长长地叹息。

05

雪儿回来上课时似乎瘦了很多,但并不苍白。

"我还是回家去了。"她四仰八叉地躺在我的小床上,很无奈,"我的早恋终究与别人的一模一样,萌生发展然后被扼杀。"

她曾经得意过那时她认为是与众不同的那段感情,我理解她现在的心情,有一点感伤也有一点轻松。

"你和夏仍可以做朋友。"我说。

"当然,只是他不能再牵着我的手与我谈话。"

"你后悔?"我急急地问。

"漫儿,"她朗朗地笑起来,"那种摔破了玻璃杯又拼命想粘起来的后悔我会要吗?其实我得到了解脱,那段感情压在我身上半年,我自己就失落了半年,我真的很累。"

我松了一口气。

"我原以为自己很坚强也很浪漫。"她接着说,"也许每一个早恋的女孩都会这么想,其实走过以后才会知道自己承受不住那样的负荷,因为还没到那个年龄。"

"可是小说中写得很美好，蓓蕾初放脉脉含情有哭有笑充满骄傲。"我说。

"文学都是多愁善感的，现实不尽如此。"

"你觉得自己走错了路？"

"不，席慕蓉曾经说过，没有怨恨的青春才会了无遗憾，如山岗上那轮静静的满月，也许等到我华发上鬓的那一天，回想起来会是一种无暇的美丽。"

她说得对，没有怨恨的青春才会了无遗憾，也许我走过的是一段平凡的青春，但绝不平淡。我曾经追求虽然很少成功，我曾经向往但是从不盲目。我的青春应当是无怨的。

也许有的人注定了要在青春时期走过一小段弯路，譬如雪儿；也许也有的人注定了要循规蹈矩地走过它，譬如我。

但我们终归要成长，带着一种无怨的心情悄悄地长大。

这就是了。

GROWING UP
ON TIME

丑　女　玫　瑰

在故事开始之前

读大学的时候,我读的是师专,学中文。

快毕业的时候到中学里去做实习老师,那是我的母校。上第一堂课的时候,我感觉自己讲得相当不错,正等着指导老师表扬我呢,她却忍无可忍地指责我:"你讲得还行,但是不要老是在台上走来走去的嘛,都走得我头晕了!"

这件事对我影响很大,以后在我自我感觉良好的时候,我常常会问自己,是不是在别人看来也是这样的呢?

我永远都记得实习结束一个星期后我返校去看他们,当时孩子们正在上体育课,他们尖叫着从操场的四面八方围上来,把我围了个水泄不通。我一面笑一面流泪,很白痴的一种幸福和满足。

后来我写《丑女玫瑰》,给班上一个不太美的女孩子。不知道她现在在做什么,是不是很快乐,我希望她会看到我的书,并且说:"哦,瞧,这是我老师写的呢。"

01

开学的第一天照例是自我介绍,玫瑰从座位上站起来,小声地说:"我叫玫瑰,姓赵。"就没了别的话。

我低头看了一下点名册,赵玫瑰。很奇怪的一个名字,像张爱玲笔下的女主人公。再看她,坐第一排的一个矮矮的女孩,眉眼低着,手指在课桌上划来划去,好像很不情愿再说下去,就示意她坐下了。

开学的第一篇作文照例是"自我介绍",玫瑰的作文是这样写的:"我叫赵玫瑰,我恨死了我的这个名字,它给我带来了很多的烦恼。可是我的爸妈总是不肯带我到派出所去改名字,他们说名字只是一个人的代号,又说玫瑰是一种大家都喜欢的花。他们这么说主要是因为他们自己不用叫玫瑰,不能够理解我的痛苦。我很怕我的初中同学还是像小学同学那样取笑我,还有老师,每次点完名都要意味深长地看我一眼。当然我要是长得漂亮一点叫这个名字倒也无所谓的,关键还是我长得很不好看……"

就这样一篇没头没脑的作文,完了还用了省略符号,好像有很多话要讲却没讲一样。想到那天点名我也看了她一眼，其实我并没有看清她长得怎么样，但是我相信她所谓的"意味深长"一定也是在说我。

　　老实说当我第一眼看清玫瑰时我也有点吃惊，玫瑰很丑，脸上斑斑点点，眼睛小嘴唇厚，鼻子也长得怪怪的，好像有一点朝左歪，总之让人看了不太愉快。但是她给我的最初印象是安静而又羞怯的，我没有想到她会给我带来那么多的麻烦。

　　初一（2）班的第一场风波就是由赵玫瑰引起的。

02

那天早读课刚下不久,我透过办公室的玻璃窗看见班长吴蝶三步并做两步地从大操场那边跑过来,直觉告诉我出事了。

果真,吴蝶贴在窗口小声地说:"季老师,李同和赵玫瑰吵起来了。"

我问:"吵得厉害?"

吴蝶说:"厉害。恐怕要你去才能镇住。"

当我赶到教室的时候,一切都已经平息了。我看见赵玫瑰正在抄英语单词,抄得很用力也很专注,仿佛什么都没有发生过。再看坐在最后一排的全班最高大的男生、体育委员李同,趴在桌上,肩膀一动一动的,显然是在哭。

见我进去,胖男生蒋里从座位上噌地站起来说:"季老师,赵玫瑰打人!"男生们议论纷纷,好像很不服气,女生们则都不太好意思的样子,仿佛都做了错事一般,这倒是我做了三年多的班主任第一次遇到这种新鲜事,女生打男生,男生还被打哭了,不能不说新鲜。

第一堂课是我的语文课，我说："有什么事放学后再谈，我们初一（2）班可是老师们公认的新年级最好的班，大家都不要给班级丢脸才好。"

那堂语文课上得并不是很如意，主要还是赵玫瑰的缘故。提问的时候，她一反常态地异常积极，手举得高高的，真抽到她，却又不会回答，低着头不说话。下一个问题手照举不误，举得更高。我明白我是遇到了一个很棘手的学生，三年的班主任生涯让我完美地学会了如何对付一个调皮的男生，至于要怎样和一个古怪的女生打交道，这恐怕还得从头学起。

课后我当然找了赵玫瑰来谈话。

"为什么打人？"我问。

"难道没有人给你通风报信吗？"赵玫瑰声音尖尖地说，"其实你根本用不着问我什么。"

我和颜悦色地讲："我只想听你告诉我你为什么要打人，我相信你不会无缘无故这么做。"

赵玫瑰将信将疑地看了我一眼，然后说："他活该。"见我不作声，又补充，"谁让他叫我蛤蟆，谁叫我蛤蟆我打谁。"

说到这儿，赵玫瑰的眼泪开始在眼眶里打转，看得出她在拼命地忍住不让它掉下来。那种无可奈何的表情告诉我，她不过是一个十三岁的女孩子。

"今天这事就这么说,以后我的班上绝不允许再发生打人之类的事件,传出去多丢人。"我说,"你要是愿意,找李同道歉;不愿意,我也不勉强。"

然后我又找来了李同,李同对我说的第一句话是:"季老师,赵玫瑰是疯子。"

我正色说:"不可以这么讲,对同学要尊重,难道你还没有得到教训?"

"我根本就不屑还手,她是女生,"李同从鼻孔里哼了一声说,"要是男生我们试试?"

"所以你就哭,"我说,"没出息。"

"从没有人打过我,她赵玫瑰居然扇我耳光,我要是还手就不像个男人,不还手又觉得是奇耻大辱。季老师,你说说看我该怎么办?"

"去道歉,"我说,"怎么说也是你先骂人家蛤蟆,玫瑰长得不漂亮,可我们不能损人家。"

"我不会去道歉的,看在季老师您的面子上我不会再计较这事,我也保证今后不再叫她蛤蟆,但是我绝不道歉。"李同说,"谁道歉谁是蛤蟆。"

事后他们当然谁也没有跟谁道歉,我一直不太愿意强迫我的学生去做任何事,我总觉得信任和尊重他们也许更能让他们学会自觉。但愿这一次也能取得同样的收益。

  还好，赵玫瑰变得安静，上课也不再胡乱举手。班长吴蝶告诉我也不再有人叫玫瑰蛤蟆，但大家也几乎不和她说话。

  我对吴蝶说："你们班干部应该多关心关心她。"

  吴蝶回答我："没人敢理她，谁知道她疯起来会做什么。"

  没想到的是，紧接着，赵玫瑰又做了一件让人难以原谅的事：这一次是气哭了英语老师。

03

英语老师小王刚从师专毕业，一张娃娃脸，笑的时候更是像一个孩子。记得在开学时的教师大会上，她坐在我的旁边，很开心地对我说："真好，学校安排我教初一，听说学生到初二初三就难管了，一定要在初一时和他们把感情培养好，让他们服你。"说完了又急切地问我，"你说是不是这回事呢？"我在小王的身上看到三年前的我，毫不犹豫地给了她想要的答案。

可是赵玫瑰显然挫伤了她的自信心。

事情的经过是这样的。

那一堂课王老师带着同学们一起来复习问句。

"What's your name（你叫什么名字）？"

"My name is（我的名字是）……"

王老师说："下面我抽一个同学起来和我对话。"她看了一下点名册，然后就点到了赵玫瑰。

没有人站起来。

王老师又点了一遍，还是没有人站起来。

同学们都把目光定到了赵玫瑰的身上,有人在后面指了指她的后背示意王老师。

王老师从讲台上走到她身边,用鼓励的口气说:"大胆一点,站起来,你一定可以说好的。"

然后赵玫瑰就站了起来。

王老师问:"What's your name?"赵玫瑰半天也不回答。

于是王老师又耐着性子问了一遍。

这一遍赵玫瑰说话了,她说:"你不是知道了嘛,还问我干什么?"

全班哄堂大笑。

王老师压住火气说:"我现在是在上英语课,我要你用英语回答我。"

"你难道不知道吗?"赵玫瑰说,"英语的人名地名和中文是一个读法,你连这个都不知道,怎么教书?"

结果可想而知,王老师哭着出了教室。

所以我还是得为赵玫瑰的事费神。首先我找来她的档案,发现她的父母都在市里不错的单位工作,也都是学历很高的国家干部。这让我松了一口气,想来在她父母的帮助下是可以让玫瑰变得好起来的。在找她的父母之前,我又特意召开了一次班委会。

我说:"一个好的班集体应该是和睦团结的,谁也不愿意自己被排除在集体之外。赵玫瑰同学有缺点,但是我们不能总是批评她,更不能敌视她,所以我希望我们各班委能起到带头作用,多关心她,让她感受到集体的温暖,还有就是千万不要嘲笑她的长相,这是不道德的。"

快嘴的文娱委员王亚说:"季老师,我想你有一些误会,不是我们不想理她,是她不理我们。有一次上学,她走在我前面,我叫她,她连头都不回。"

"是的。"立刻有人接嘴,"上次她收到一封信,上面的邮票很漂亮。李琴琴集邮,便问她要,她不仅不给,还当着李琴琴的面把它撕了个粉碎。你说,这多伤人?"

"她个子矮,就不肯做值日,排到她也不做。上次是周红替她擦的黑板,周红不也和她一样高,擦黑板也得跳着擦,看她不怕人笑话?"

周红是班上的生活委员,赵玫瑰的同桌,见我望着她连忙欠了欠身说:"季老师,我早就想请你替我换一个座位,我实在不愿和她坐在一起。"

"那谁愿意和她坐一起呢?"我说。

话音刚落,立刻有人给我出主意:"让她坐特殊位子,一个人。"

我实在没想到,才开学一个多月,赵玫瑰就有本事在同学中留下这么坏的印象，看来我对她的了解还是远远不够的。我有些不悦地说："那么我们今天召开这个班委会干什么，讨论如何孤立赵玫瑰比较有效？"

这时有人把目光投向了李同，意思大概是要是李同都能做到和赵玫瑰主动亲近，他们有什么不能的呢？

吴蝶毕竟是班长，她适时地站起来说："其实赵玫瑰一定也不希望和同学们搞成这样，我们也有对不起她的地方，比如讨论她有多丑多丑，还叫她东施、蛤蟆什么的，她因此怨恨我们，所以才会那么古怪。"

"对了，"我说，"希望在座的各位以身作则，班干部就要有班干部的样子。"然后我打算和玫瑰的父母谈一谈。在我还没来得及打电话之前，玫瑰的一篇周记阻止了我这么做。

04

她的周记是这么写的。

"不知不觉中,我已经度过了两个月的中学时光,这两个月对我来说是多么的难挨。我的初中同学比小学同学还要坏,他们对我的长相津津乐道,好像我是班级的耻辱。前几天,我打了人,这是我平生第一次打人,很解气。现在再也没有人敢乱叫我,但是我依旧不快乐。英语课上,我还顶撞了王老师,她老是问我叫什么名字,我害怕别人问我叫什么名字。又该有人笑我了,说我是'想漂亮想疯了'才叫这个名字的。我偏不让他们遂心,我要反抗,反抗。每天回到家中,妈妈都会笑眯眯地问我在学校好不好。我知道她是怕有人欺负我,我就说好。妈妈的笑容是世界上最温暖的笑容,但是我不能和她说心里话。我想我是找不到一个人说心里话。

"我以前读过一个故事,说是有个孤儿院的小女孩,她没有朋友,所以她写了一张纸条扔向窗外,上面写着:'谁捡到这张纸条,我爱你。我甚至连个讲话的人都没有,

033

所以谁捡到这张纸条,我爱你。'妈妈说这是一个忧伤的故事,我这样的年纪是不会懂的,其实妈妈不知道,我也和那个女孩一样啊,一样的孤独和伤心。我想这就是书上所说的早熟。如今我最担心的就是我在学校的事被家里知道,这是迟早的事。不过我听说季老师是个好老师,也许她会理解我的。季老师,请你千万不要向我的爸妈告我的状,我保证再也不会做这种事,我会维护班级的荣誉。我不想我妈妈为我伤心。"

老实说我被这一篇周记深深地感动了。

那是一段刚刚放学的时光,有一大群女生在操场上玩着扔沙包的游戏,快乐的尖叫声穿过办公室的玻璃窗射进我的耳膜,女生们均穿着漂亮的衣服,秋日的阳光照着她们单纯而又青春的脸庞。

我想着有个叫玫瑰的小女孩,正一个人孤孤单单地走在回家的路上,在心中写着那张渴望朋友的"纸条"。

我感到从未有过的自责。不过我知道,我还来得及,来得及去做一些我该做的事。

我并没有急着找玫瑰谈心,只是在她的周记本上写上了一行字:"老师已经捡到了你的'纸条',愿和你做谈谈心的好朋友,希望玫瑰快乐起来,好吗?"

早读课的时候,我把她的周记本直接放到了她的桌上,然后冲着她笑了笑。玫瑰的脸上没有那种一贯的防备的表情,这让我有理由相信,一个好的开端开始了。

然而我并没有高兴多久,关于玫瑰的第三个让人头疼的事情就发生了。

05

吴蝶告诉我:"赵玫瑰有可能在谈恋爱。"

我当然不相信。我知道现在的学生早熟,这样的事有可能发生在别的任何一个学生的身上,但不会和玫瑰有关,玫瑰发育得如同一个小学三年级的女孩。再说,再说她确实是个丑女孩。

那段时间,我和玫瑰已经习惯通过她的周记谈心,她在每周一课间操的时候自己把周记本放到我办公桌上,星期二的时候自己又来把它取走。我默许了她这么做,并且刻意叮嘱科代表不要再问她要周记本。

玫瑰有着很好的文笔,看得出来她读过不少的书,她的周记不像其他同学的那样,只是简单地记录一些经历过的事,而是很有自己的想法。

比如她在一篇周记中写到,有一天她看到她对面楼上的一个妇女在擦窗户,擦得很用心也很专注。玫瑰说:"我就那样呆呆地看着她,我想她一定是一个对生活很有耐心的人,我也是第一次发现,其实认认真真地去做一件事是很快乐的，哪怕只是擦窗户，也会让你觉得自己是有价值的。"

我把这篇周记给办公室的老师们看了，大家都说好，不像一个初一的学生所写。后来我又在班上念了一遍，我说希望大家都能像赵玫瑰同学一样善于观察和思考，只有这样才能写出好的文章来。

玫瑰好像很不习惯受表扬，表情极为局促和不安。所以我说玫瑰正在一天比一天变得更好，况且我从她的周记中读不到一点在"谈恋爱"的讯息。

我有些严厉地对吴蝶说："你关心同学是正确的，可是千万不要道听途说，这样会影响团结。"

吴蝶委屈得差点哭了出来："我不是道听途说，不信你可以问周红，赵玫瑰和那个男生通信，一个星期两封，有时还夹着玫瑰花瓣呢。赵玫瑰上课时也看信，放在课本下悄悄地看，你要不信上课时注意看看。"

吴蝶走的时候还补充道："季老师，我可不是要告同学小状，玫瑰蛮可怜的，我是希望她好。"

我点点头目送她走，现在的女中学生，真有点让我摸不透。

几堂语文课后，我发现吴蝶的话果然是真的，玫瑰听课的时候的确有些心不在焉，有时手老在课桌下摸着什么。再有一次我抽她起来读课文，书一拿起来，桌面上躺着的分明是两张折叠过的信纸。

下一次玫瑰到我办公桌来拿周记本的时候，我叫住了她。她那一次的周记写的是对秋天的感觉，也是和信无关的。我问她："可以告诉老师吗，那些信是怎么回事？"

玫瑰迟疑了一下说："是我小时候的邻居。"

"男生？"

"嗯。"

"要知道我并不反对学生通信，可是玫瑰，"我说，"你好像做得有些过分。"

玫瑰机敏地回答："我不会再上课看信了，绝不。"

我放她走。对于玫瑰，这个敏感的小女孩，我相信我不用说太多，况且，玫瑰是一个丑女孩，在不影响学习的前提下，我希望她有更多树立自信心的机会。我把这话对吴蝶讲了，她拼命地点头表示同意。

"那么，"我说，"我不希望班上有一些莫须有的谣言。"

吴蝶说："季老师，你放心好了，一切从我做起。"

06

很快冬天就到了，办公室的玻璃窗上开始有了一层薄薄的冰，不再能看得清外面大操场的景象。玫瑰在那个冬天里总是穿着鲜红的衣服，在外一闪我就知道是她。冬天里玫瑰不仅没有长高，因穿着厚实，反而显得更矮，但我发现我开始渐渐地喜欢上了这个小小的丑女孩。我相信我班上的同学们正和我一样，开始不再在意她的容貌和慢慢地忘记她所带给我们的不快。

玫瑰在这一天又来到了我的办公室，不过她并不是来取周记本的，这让我觉得有些奇怪。

"有事吗，玫瑰？"

"是的，季老师，我……"她面露难色地说，"我有事想和你谈谈。"

我抽张椅子示意她坐下，她坐下了，却又触电似的弹起来。"放学了再谈，好吗？"她近乎哀求地说，"我必须和您单独谈。"

"好的，"我答应她，"你在教室里等我。"我很难猜到玫瑰会和我说什么事，从她的表情里我感觉到这事有一点非同寻常，可是我怎么也没有想到她是要跟我借钱，而且一借就是两百元，我一个月工资的一半。

"我会还你的，"玫瑰的声音在教室里低回，"我只有找你了，请你一定要帮帮我。"

"最起码你要告诉我你拿这钱干什么。"我说。

"我爸爸和妈妈要离婚了，他们要离婚了。"玫瑰说着，眼泪唰唰地掉了下来。

"我说什么也不让他们离婚。"

"慢慢说。"我安慰她。

"我需要这笔钱，过两天就是我妈妈的生日了，我想买一个大蛋糕，另外还有一条真丝围巾，我妈妈想那条围巾想了很久了。我会说这些都是爸爸送的，他们之间只不过是一些小误会，我相信这样他们一定会和好的。"

玫瑰一边说一边哭个不停："我会还你钱的，我春节的时候会有很多压岁钱，我到时一定还给你。我说什么也不让他们离婚。"

我拥玫瑰入怀。"好了，别哭，"我说，"让我们一起来策划一下你妈妈的生日晚会。"

后来，玫瑰在她的周记里详尽地描述了一切。

"爸爸和妈妈不说话已经好多天了，我知道是什么原因，也就是爸爸怨妈妈买的那件新大衣太贵，而且又不好看。后来他们就开始吵架，一直吵到了要离婚。我实在是很怕他们离婚，因为我很清楚，像我这样的女孩，是没有人愿意做我的新爸爸新妈妈的，也就是说一旦他们离了婚，无论我跟谁都会成为包袱。我很喜欢现在的家，其实爸妈都是很好的人，就是在这件事上有点小心眼，奶奶说人和人的感情就是这么奇怪，说没了就没了。我不相信奶奶的话。她老了才会这么消极。所以我决定一定要挽回爸妈之间的感情。

"幸亏妈妈的生日到了，我买了一个大蛋糕，还买了一条真丝围巾，还买了爸爸爱吃的熟菜。我打了一个电话给爸爸，我说今天是妈妈的生日，她希望你能早点回家。我又打了一个电话给妈妈，我说爸爸叫我带信给你，请你下班后赶快回家，他有话跟你说。

"然后一切就同想象中一样进行了，我想我这辈子也不会忘记那晚的情景，烛光照耀着我的家，爸爸和妈妈终于开口说话了。妈妈说：'好多年没有正儿八经地过生日了，这些年把人累的。'爸爸说：'这熟菜真是不错，好长时间不买了。'我赶紧把蛋糕端到他们面前，可不能再说，再说下去会穿帮的。我被自己所做的一切陶醉了，这多像季老师所说的，这世上没有办不成的事，只要你想办法。

"我无法表达我对季老师的感激之情，我只想说：季老师像天使，我会好好学习报答她。"

我合上玫瑰的周记本，发现自己竟然有一点脸红，为一个小丫头在周记里称我天使感到脸红。

玫瑰没有失言，她上课开始格外地专心，王老师告诉我她在英语课上还很主动地举手起来对话。下课我发现她还开始向周围的同学请教，有一天我甚至看见她和女生们在一起扔沙包，外面的大衣脱去了，玫瑰单薄的身子灵巧地跳跃在秋风里，从背影看玫瑰有一头浓密的好发。我欣慰地想象着她要是再长大一点，再长高一点，也应该是一个拥有自己青春的女孩子。吴蝶远远地给我甩过来一个OK的手势，我也做了一个还给她。

期末考试前全年级准备召开一个家长座谈会。

玫瑰在这之前明显有些惴惴不安，好几次见了我都欲言又止。我知道她在担心什么。我拍拍她的肩。

"不用担心，"我说，"没有人会提起过去的事。"

玫瑰感激地笑了。我发现玫瑰笑起来的样子更好看一些，我也发现，玫瑰其实很少这么笑过。

07

玫瑰的母亲让我大吃了一惊,她是一个很漂亮的女人,衣着得体,气质不凡,很难将她和玫瑰之间画上等号。那天的家长会上她听得很认真,一边听还一边做记录,会后又主动地找到了我。

"玫瑰一定让你操了不少心。"她说。

"哪里,"我说,"玫瑰很听话。"

她突然笑了起来:"知道吗?我参加过多次家长会,这还是第一次没被老师批评。季老师,看来你的确是拿玫瑰有办法。"

我微笑。

"她给她爸爸写信,说你就像她妈妈一样,你知道我有多嫉妒。"

"那只是一个比喻。"

"可我想这个比喻想了八年了。"她笑着说。

"什么意思?"我诧异。

"我是她的继母,玫瑰的母亲在她三岁那年就去世了。"

这孩子生性倔强,又有很多鬼点子,加之她爸爸又常年在国外,不瞒你说,我常常被她弄得很头疼。现在好了,遇到了你这个好老师,我很放心。"

"等等!"我说,"你是说他爸爸常年在国外?"

"是啊,都去日本快两年了,还要两年才能回来。"我的脑子里刹那间一片空白,那些所谓的离婚、生日晚会,美丽的真丝围巾和生日蛋糕,玫瑰稀里哗啦的眼泪和那篇感人的周记,想来都是一场感人的骗局而已。

我,一个堂堂正正的学教育的大学生,竟然被一个十三岁的小女孩骗了个晕头转向。

玫瑰的母亲问我:"你怎么了,季老师?"

我说:"我想我和你一样,被她弄得很头疼。"

"是玫瑰有什么骗了你吧,"她很有经验而又不失幽默地说,"骗人可是她的拿手好戏。"

如果一定要我形容当时的心情,那么我只能说伤心。想起初上讲台的时候,也被学生气哭过好几次,但没有一次的感觉像这一次这般无奈和尴尬。

况且,玫瑰站在我和她母亲面前,是一副"打死我我也不说"的表情。

看来她的继母的确被她训练得很有耐心,不厌其烦地问:"你要这两百元钱究竟要做什么?又不是不给你零用钱。再说了，你要钱可以跟我要，为什么要骗老师呢？季老师对你这么好，你还忍心骗她。"

玫瑰在这时开口说话了："骗谁还不都是骗，我又不是不还钱。"

"怎么可以这样跟你妈妈说话。"我严厉地说。

玫瑰看我一眼，不再吱声。

然后我采用怀柔政策："你把原因跟老师和妈妈说清楚，只要不是做坏事，我们会原谅你的。"

她一点也不吃这一套："我说我是做好事你们会相信吗？总之已经骗过你们了，钱也用掉了，你们要怎么着就怎么着。"

我气结。

"不说实话你明天不要来上课了。"我说，"玫瑰你真让我失望。"

08

玫瑰被她的继母领走了,她穿的依旧是一件红色的衣服,背着一个淡绿色的大书包,像个小学生。就是这个小小的丑女孩,让我饱尝了做教师的挫折感。而且,要是玫瑰坚持不说真话的话,我很难知道这事究竟应该如何收场。

玫瑰两天没有来上课,那两天我一直在想是不是应该去接玫瑰回来,这样的做法对玫瑰是否公平。或许玫瑰用那两百元钱做了一件她自己很想去做而又怕我们不理解的事,所以才不愿意告诉我们。我绞尽脑汁也想不出来会是什么事,值得玫瑰如此费尽心思地撒谎。

两天后,玫瑰的母亲在电话里对我说:"我发现她语文书里的一张卡片,是市面上很流行的那种朦胧卡,小而精致,背后写着你是这世上最好的女孩,署名是丁洋。你们班可有叫丁洋的学生?"

"没有。"我说,"我知道有个男生在和他通信,玫瑰告诉我他们是儿时的邻居。也许是他。"

"她什么都不告诉我。"玫瑰的母亲黯然。

"其实她在周记里称你为最好的妈妈,她只是不想让你担心,落下的功课,我会安排给她补上。"我安慰她说,"对玫瑰,或许耐心最为重要,难为你了。"

"谁叫我是她妈妈呢,"她让我感动地说,"只希望这孩子能快快乐乐地长大,长相不好又不是孩子的错。可是有的时候我真觉得自己无能为力。说句玩笑话,她每换一次环境我就得脱一层皮。"

"慢慢来,"我说,"我们一起慢慢来。"

放下电话,发现吴蝶站在办公室门口,我招手叫她进来,她犹犹豫豫地说:"玫瑰可会被开除?"

"怎么会?"我说,"她不过是感冒,很快就回来上课。"

"我想我知道一点点。"吴蝶有些吞吞吐吐,"是不是因为玫瑰长得很不好看,所以不能再留在学校?"

"哪里的话?听谁说的。"

"别班的学生都这么说。"

"我们班的呢?"我问。

"我们班的没有。"吴蝶摇摇头。

"这就对了,有谁能比我们更了解自己的同学呢?再说了,长相和念书一点关系都没有。"

"我也这么想来着。"吴蝶笑了,然后说,"玫瑰是不是在医院里,要不要我们班委去送点水果什么的。"

"玫瑰很快就会回来上课,我们到时再关心她也不迟。另外,"我装作不经意地问,"你知道和玫瑰通信的那个男生是谁吗?"

"不太清楚,周红好像说过信是九中寄过来的。"

我拍拍她的肩表示感谢。

09

九中是我市城郊的一座中学，生源远远不能和我校相比，教学设施也差许多。直觉告诉我，那个叫丁洋的九中的男生和玫瑰骗我的事有着必然的联系。刚好我念大学时的好朋友晴在九中教书，于是我骑着自行车赶到了九中。

晴听我说完缘由哈哈大笑，损我说："你可是我们学校的高材生，当心母校的一世英名就毁在你手上。"

我苦笑。

晴接着说："现在的学生，比鬼还精，一不小心就会被他们骗了。特别像我们这种学校，什么样的人都有，像你这么耐心，还不累得个半死。不如只抓升学率，还能给人家看看。"

"话不能这么说，师者，所以传道授业解惑也，不是一件容易的事。"

晴狠狠地白我一眼，但还是一颠一颠地跑去给我查那个叫丁洋的男生。

我坐在她的办公桌前等了足足有半个小时之多，一面等一面就想自己这样做是不是真的有点多余。或许真如晴所说的，做做那些别人看得见的事？我的口袋里装着一张汇款单，那是我今天早上收到的，玫瑰的母亲在上面写了三个字："对不起。"这三个字让我一想起就汗颜，玫瑰的母亲有什么错呢，她已经很不容易了。这么一想，我又觉得自己实在应该这么做，况且，我在玫瑰身上花了不少心思，我不能半途而废。

晴回来了，说："也许你又该犯愁了，我们学校有三个学生叫丁洋。"

她把一张纸摊到我面前，上面写着：

丁洋，男，初二（1）班。

丁洋，女，初三（3）班。

丁洋，男，高三（1）班。

我望着晴，晴说："你可以试试第一个，他是个残疾人，初一时一场车祸造成的，就在学校不远处，当时有不少师生目睹。听说，他总是独来独往。"

"谢谢你。"我由衷地对晴说。

"要不要把他叫进办公室？"

"不要，"我说，"我在校门口等他。"

我在校门口干涩的冬风里等丁洋。无数的少男少女骑车从我的眼前经过，叮咚的车铃声撒下一路青春的气息。我在不经意中看到丁洋,一个背着大书包拄着拐杖踽踽独行的单薄的男孩,手臂细细的,脖子细细的,脸上有一层淡黄色的软软的绒毛,眼神里有一种和玫瑰相似的东西。我走向他,晴的直觉看来和我一样敏锐,我要找的人就是他。

"丁洋。"我叫他。

他抬头看我,一脸的迷惑。

10

我尽量用自然的口气说:"你认识二中的玫瑰吗?我是她的老师。"

"季老师?"丁洋居然笑了,露出一排可爱的细细的牙齿,但神色瞬间不安起来,"玫瑰出了什么事?"

"没有,"我赶紧说,"我到这里看一个朋友,顺便替玫瑰来见见你。"

"你真的不反对我们通信?"丁洋轻喘着气说,"玫瑰说你和别的老师不同,她给我的每一封信都提到你,她还说你烫了头发没有以前好看呢。"丁洋看着我。

"或许我们可以去那边坐下,"我指指前面的花台,"我想我们可以好好聊聊。"

丁洋点头和我一起坐过去,刚坐下他立刻诡秘地说:"你一定是怕我不能站,其实我在信中都跟玫瑰说过了,我可以拄着拐杖在大太阳下站两个钟头。玫瑰说她信,你呢,你信不信?"

我笑:"告诉我你和玫瑰是怎么认识的?"

"玫瑰没有告诉你吗？"他有些不好意思地说，"我给电台写交友信来着。"

"哦。"

"最近我们通信遇到一点小麻烦。"丁洋吞吞口水说，"我好几天没收到玫瑰的信，我怀疑我的班主任私藏了我的信。"

"你有依据吗？"

"没有。"丁洋郑重其事地说，"有依据的话我就可以告她，私藏他人的信件可是犯法的。"

"要知道无论你老师做什么，出发点总是为了你好。"

"我看不一定。老师想我们成绩好，我们成绩好他们才可能多拿奖金。"

"你真这么想？"我问。

"哦，"他慌乱地说，"当然你除外，我和玫瑰都这么想来着。你和他们不同，你理解我们，所以才不反对我们通信。"

我看着他，然后说："你在拍我马屁？"

丁洋的脸立刻红了，支吾着说："这都是玫瑰在信里说的。"

"你和玫瑰，在信里都喜欢说些什么？"我问。

"什么都说，其实我以前话很多的，后来就没什么话了。其实我们通信，并不是一件大不了的事，我们只是想找一个可以说话的朋友。你相信吗？这只是一件很简单的事，完全不必那么复杂。"

"我相信。"我说。

"你会不会觉得我很成熟？"丁洋突然有一点得意地问我。

"有一点，不过，等你完全成熟了，你会发现大多数老师都不是为了奖金而工作。"

"你喜欢耿耿于怀。不过这是教师的通病。"他煞有介事地评论我。

扶丁洋站起来的时候，我无意间得到了想要的答案。

11

"瞧，"他晃了一下手中的红木拐杖，"这是玫瑰送我的，我有一次在信中提到我的旧手杖不好用了，磨得胳肢窝疼，为这事和我妈吵了好几回。没过多久，玫瑰就给我送来了这根手杖，她说是她爸爸从黄山带回来的，放在家里也用不着。其实这就是我最想要的那种拐杖，商店里有的卖呢，要一百九十八元，我都看过好几回了。季老师，我总觉得不太安心，男生收女生的礼是不是很窝囊？"

"哪里，"我说，"你们是朋友，玫瑰只是尽一份心意而已。"

"只可惜没见到玫瑰长什么样，"丁洋有点遗憾地说，"她总是不肯和我见面，拐杖也是托守门的老伯送来。她还说她一辈子也不会和我见面，也许是觉得瘸子很难看。"

哦，玫瑰。

"不会的，"我对丁洋说，"玫瑰是个可爱的女孩，她这么做也许是为了保持一份神秘感。"

"对的，神秘感。"丁洋说，"我也想要这份神秘感来着。不过，我还是很想你告诉我，玫瑰是不是大眼睛，瓜子脸，长头发梳成两个小羊角辫，我总这么想她的样子。"说完以后期待地看着我。

"一点没错。"我说。

告别丁洋，我本想马上去见玫瑰，但转念一想立刻骑车回了学校。我在下午第三节课外活动课时把同学们留在了教室里，然后我讲了玫瑰和丁洋之间的故事。全班静悄悄的，我说："每一个人都希望自己能有一个好朋友，特别在你们这种年纪的时候更是这样。可是我们为什么却总是把有缺陷的同学排除在外呢，如果你们是玫瑰，或者是丁洋，你们是不是也愿意别的同学这么对你。只有无私和真诚的人，才可能获得真正的友情。"说完这话后，班上响起了一阵热烈的掌声，这是我始料未及的。

我讲完话后不少同学也起来发了言。

李同说："我以前嘲笑赵玫瑰同学，现在想起来很后悔，我也不恨她打我耳光了。其实她那天也没把我打疼，真的，虽然打得响了一点，但真的不疼。"

在笑声里周红也站了起来："我也不对，不想和她做同桌，其实我也长得不太漂亮，再说漂不漂亮不是我们自己能做主的。不能因为一个人不漂亮我们就瞧不起她，最重要的是心灵美。"

"我们应该互相帮助，比如赵玫瑰个小，擦不到黑板，在她做值日的时候，我们就应该主动地去帮助她，而不是笑话她。"

"我们还可以给丁洋写信，告诉他我们都愿意做他的朋友。我爸爸说我要是成绩好，他暑假就带我去黄山，到时候我一定买一根拐杖送给丁洋。"

……

吴蝶做了总结性的发言。她说："从此以后，我们希望赵玫瑰同学能够生活在集体温暖的怀抱之中，谁再嘲笑她，我们就集体找谁算账。"

我微笑地看着我的学生们。他们只是一群初一的学生，说出来的话并不是很成熟，也不是很有水平，但是我很满意，我知道这就够了。

第二天，是一个多雾的早晨。大家都来得很早，书声琅琅中激动的心情显而易见地存在着。玫瑰在大雾中慢慢地走过来，依旧是一身红色的衣服，很耀眼。旁边是她漂亮的妈妈。

玫瑰将会开始一段崭新的生活，并在这一段生活中健康快乐地长大，成熟，学会面对人生许许多多的风风雨雨。

我保证。

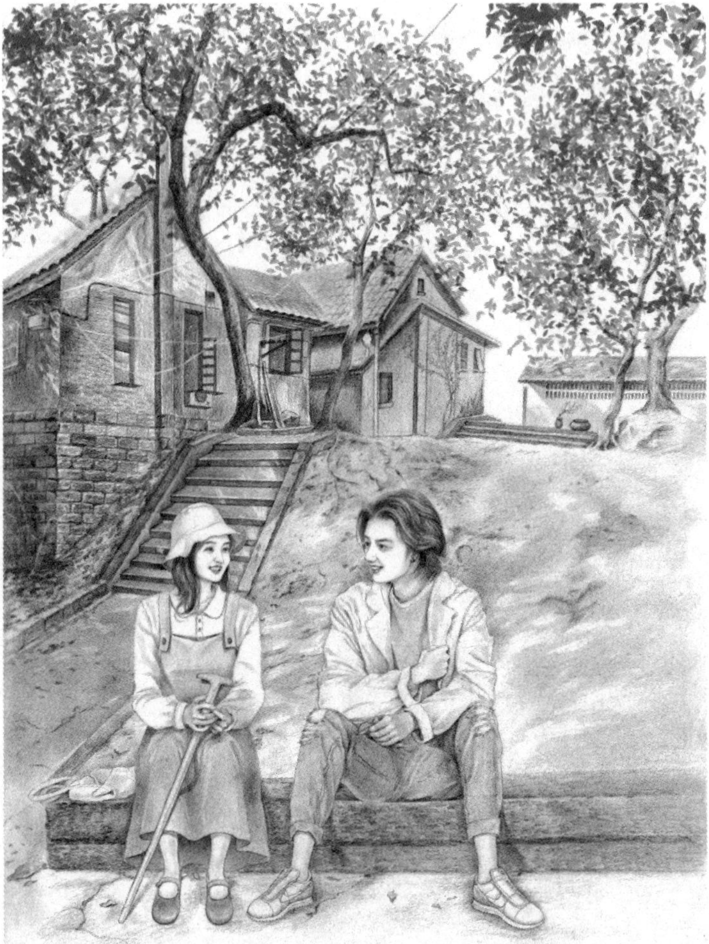

GROWING UP
ON TIME

爱 在 初 夏 的 日 子

在故事开始之前

小时候最怕的就是美术课，因为我和三毛一样，永远不知道桌子的第四条腿应该画在哪里；如果要我画人，就只能画成侧面。

后来长得很大了，看到几米的画，好喜欢，就写了这个故事。

有时候，误会成就的美好可以成全我们的一生。

01

花夏是我好朋友亚妮的表哥。

第一次听到这个名字,我笑得差点喷饭:"居然有人姓花啊?"

"怎么没有?"亚妮嘲笑我没见识,"花无缺花木兰不都是姓花吗?"

"花和尚花花公子还都姓花呢!"我没好气地说。

"那你算是说对了,"亚妮神秘地对我说,"花夏就是一个花花公子!"说这话的时候,亚妮头一抬,不以为耻反以为荣的样子,仿佛有个花花公子做表哥是天底下最得意的事。

亚妮说话喜欢夸张,不过这并不妨碍我们成为朋友。因为我们共同的话题很多,比如 Elva(萧亚轩)的新歌啦,Red Earth(红地球)的透明唇彩啦,以及 QQ 上最最无聊的玩伴啦等等。

除此之外,亚妮天天在我面前提起的,就是她的花花公子表哥花夏。

花夏比她大四岁，在大学里学计算机专业。亚妮说他是这世界上最帅最聪明最会哄女孩子的男生，有本事三天换一个女朋友，还一个比一个漂亮。

　　啊呸！除非那些女生脑子里都长了鱼泡！

　　我觉得亚妮对花夏纯属盲目崇拜，因此我对她描绘的关于花夏的种种，总是左耳朵进右耳朵出，从不放在心上。

　　直到我真正见到花夏。

02

老实说,我没见过那么帅的男孩子。

那天我们在亚妮家,正被一张密密麻麻的物理试卷所困扰,他仿佛从天而降,亚妮尖叫着冲过去抱住他喊道:"死花夏,死花夏,你有多久没来看我了,你说你说你说!"

花夏的目光越过亚妮的长发笑笑地看着我。

老天,他的眼睛实在是太好看了,还有他的发型,也是那么的好看。我在瞬间明白,亚妮的骄傲不是没有道理。然后又听到他用好听得不得了的声音对我说:"想必你就是亚妮的好朋友小豆子?"

"我叫纪洁。"我赶紧纠正说,"小豆子是亚妮瞎叫的。"

"小豆子好听啊。"亚妮对花夏说,"你看她的脸小得多可爱,戴个小圆眼镜,就像是一粒小豆子哦。"

花夏走过来很认真地来看我的脸。

老天,从来没有男生这么认真地看过我的脸,我从上到下地发起烧来,人嗖溜一下跑到阳台上去。亚妮想必在身后笑得花枝乱颤,朝我大喊大叫道:"小豆子你快出来啊,小豆子你咋那么害羞啊!"

我听到花夏用试卷在敲亚妮的头:"好了好了,停——去替老哥把今天的《足球报》买了来!"

"喳。"亚妮得令,下楼的脚步迅速而欢欣。

03

我站在阳台上迎着风吹,想快点把脸上的红潮给吹下去。

花夏过来了,这一次他不看我,也迎着风吹,然后笑呵呵地说:"你脸皮真薄,我还没见过像你脸皮这么薄的女孩子呢。"

我声音小得像蚊子叫:"亚妮天天在我面前说起你。"

"是吗?"花夏说,"说什么呢?"

"关于你的一切啊。"我说,"你好像是她的偶像呃。"

"那我牙长得不齐她有没有说啊?"花夏朝我挤挤眼,给我一个鬼脸,牙全在外面。我侧过头看他,他有一颗好可爱的小兔牙。我哗啦哗啦地笑起来。

笑完了,不紧张了。

他却说:"你笑起来挺好玩的,像我家那台破空调,声音高高低低的,拿不了准。"

我气得下意识地伸手打他,他躲闪,一把抓住我的手说:"现在的女生怎么都这么暴力?"他的手紧紧地捏着我的胳膊,还没有男生和我这样亲密接触过呢,何况是这么帅这么帅的帅哥。我又开始发烧了，人羞得差一点要哭出来。

花夏却坏坏地笑，放开我说："你长得真可爱，就像几米书里画的小姑娘。"

"几米？"我说，"几米是什么东西？"

"他不是东西，是个画家。"花夏说，"你该看看他的书，很有意思的。"

我觉得自己孤陋寡闻，丢脸到了极点，只好双眼看着自己的脚尖。

04

好在亚妮回来救场,她把报纸塞到花夏手里,然后说:"替我看看电脑啦,里面乱七八糟的,一开就死机。"

花夏点点头走开了,亚妮悄悄拉我到一边说:"怎么样啊,是不是很帅啊?"

"是啊。"我说,"那又怎么样呢?"

"他要不是我表哥该有多好,"亚妮附在我耳边叽叽咕咕地说,"我就下了死心去追他,我最喜欢最喜欢的事情就是去追帅哥啦。"

"真不要脸!"我啐她。

她不饶我,追着我满屋子乱打。

花夏回过头来骂我们:"疯得不像样!"又朝我们喊,"别疯了,来来来,来看看几米的画,看看像不像小豆子?"

我们停止战争,两个脑袋凑到电脑前,看到一张好美的画。

画上的小姑娘有翘翘的小鼻子,戴着个小圆眼镜,扎着马尾,正抱着双腿坐在草地上看星星,她的拖鞋摆在一边,前面还有一只和她一样在虔诚看天的小狗,旁边的小字是:

星星最后还是没有露脸

远方不断传来伙伴们的歌声

我等待渐起的浓雾将我包围

那么我就可以

假装自在地和你一起欢唱

亚妮惊呼:"哇!起码有百分之九十的神似!"

我没敢吱声,我哪有那么可爱啊。

05

从小,我就觉得自己是一个不可爱的女生,看上去傻傻的呆呆的。说实在的,我还不习惯别人用欣赏的眼光看我。

那天从亚妮家出来,是和花夏一起走的,他也要回学校去。亚妮抽风一样非要让花夏送我,说什么天黑了不是太安全。花夏同意了。不知道为什么,我也没有拒绝。他的话挺多,一路上跟我说着笑话,一点也不冷场。

快到我家时,有一小段路都是缓缓的上坡,见我骑得吃力,他就一只手骑车,另一只手在背后推着我。我挺直了背,告诫自己千万不能不自然,不然又要丢脸了。

对面有不相识的女生骑着车过来,侧脸看我一下,脸上全是羡慕的神色。

我有些说不上来的骄傲。

很快就到了家,我跳下车,低着头跟他说谢谢。

他朝我挥挥手说:"回见。"然后一面走一面回头丢下一句话说:"小豆子你太害羞了,胆子要练大一些!"

我来不及点头,他已经骑远了。

晚上我有些睡不着，被花夏捏过的胳膊和推过的背都有些钝钝的说不上来的疼。我也爬起来趴到窗口看星星，六月的星空安安静静的，空气里是初夏特有的一种香味在弥漫。

我想起几米的那张画，忍不住照起镜子，从眼睛一直看到下巴，再从下巴一直看到眼睛。哪里像哪里像啊？心里是很多平时从来没有过的东西在慌里慌张地涌过来涌过去。

奇怪的是我竟没有脸红，原来偷偷地想一个男生，就是这样的没皮没脸。

06

那些日子，班上开始流行 F4 和他们的《流星雨》。那个叫"花泽类"的，我一看就觉得他长得特别特别像花夏，而且他们都姓花呢！真是太巧了！亚妮也发现了这点，这下她可得意了，到处跟别人炫耀她有一个"花泽类"表哥。

我们班的胖妞叶雅是绝对的"花泽类"的粉丝，听亚妮这么一说，她不高兴了，下课的时候敲着桌子骂亚妮："什么像啊，谁跟谁像啊，你就知道吹牛！"

"我要不是吹的呢？"亚妮说，"我们赌什么？"

"仔仔的最新 CD，要正版的！"胖妞发话了，"把零花钱存好！"

"怎么个赌法？"亚妮问。

"把他叫来啊，让大家看看不就行了？谁的支持者多谁赢呗。"

"那不行。"亚妮咬咬下唇说，"我们可以去他学校，带上六个人做评委，如何？"

胖妞想了想说："行！不过你和我不算。"再想了想后又说,"纪洁也不能算!"

听说要去看"花泽类",班上的女生们个个兴致高昂。最后,我们一行九个人,浩浩荡荡的大队伍,集体逃了第三节自修课,朝着花夏他们校园冲去。

一路上,我都觉得自己挺神经的,可是见亚妮那么激动,我就不敢说一句扫兴的话了。而且,想到能见到花夏,心里还是有些说不上来的开心。

大学里的女生都挺傲气,一个个如风一样地走过,用不屑的眼神看我们叽叽喳喳的样子。

亚妮在校门口打电话给花夏,花夏很快就出来了。

胖妞就在那一瞬间发出一声接一声的神经质的尖叫,吓得亚妮和旁边的女生都跑上去拼命地堵她的嘴。

07

根本就不用投票，胖妞首先投降，眼光直直地看着花夏说："你是不是就是仔仔？"

花夏笑呵呵地说："小妹妹，我不是仔仔，我是花夏！"

"花夏？难道你是花泽类的弟弟！"

哦哦哦，胖妞真不是一般的弱智。

亚妮在我身边嘿嘿地笑着，得意得要了命。

这是我第二次看到花夏，他真的和花泽类长得很像，但是我又觉得，他比花泽类看上去还要好看，还要有气质。

胖妞整个倾倒，拿出纸笔要他签名，女生们也开始你一句我一句：

"你可以去参加电视台的模仿秀哦，可以拿第一名！"

"你走路要小心哦，小心被fans（粉丝）围攻！"

"哎，没准儿你真是仔仔失散多年的孪生兄弟哦！"

……

花夏突破重围，好不容易才从亚妮那里弄清事情的原委，他狠狠敲亚妮脑袋一下说："拿你老哥寻开心？"

"不是啊不是啊。"亚妮赶快申辩说,"有个帅老哥,实在忍不住要炫耀一下呢。"

"好吧,好吧。"花夏手一按说,"我请妹妹们吃冰激淋,吃完你们赶快回家,OK?"

"OK!"大家齐声答,又齐声笑。

路人皆侧目,还有男生对花夏吹起口哨。

亚妮得寸进尺,高声喊道:"要买最贵的,和路雪。"

花夏一鞠躬说:"是,小姐!"亚妮笑得花枝乱颤,她今天真是有面子极了。

冰激淋来了,大家一抢而空。最后一束淡绿色的香草递到我手里,是花夏。他笑着问我:"是小豆子啊,好像今天就你没有采访我。"

"你说的几米的书我买不到。"我简直是在没话找话,糗得要死。

"哦?"花夏朝我扬扬眉,"下次我要是看到替你买。"

08

那是我那天跟他说的唯一的一句话,"不用"两个字还没出口呢,他就被胖妞她们的问题引到一边去了。

回到家,我很有些失落。

都怪我自己太胆小了,不然一定可以和他多说几句话的。

可是就算多说,我也没什么好说的呀,我就是这样的没出息,自己恨自己都恨得要死掉的!

可是我怎么也没想到的是,没过多久,我竟收到了一本从邮局寄来的几米的书《照相本子》,我从没见过的陌生的笔迹和陌生的地址。

我的天啊!

我的天啊天啊!!

一定是花夏!!

那天我不过是一句无心的话,没想到他竟然会记得那么牢并且实现了自己的诺言。我的脸又拼命地发起烧来,好在是课间,亚妮刚好有事去了隔壁班,我赶紧把书收好,一时竟不知道该不该跟亚妮说这事。

犹豫了很久，我最终什么也没说。

我把书带回了家，埋着头一口气读完了它。

那里面就有上次在电脑里花夏给我们看的那幅画。每一幅画都是那么那么的美，每一句文字都是那么那么的美。

我太喜欢了，和参考书放在一起，不对。放在抽屉里，不对。压在枕头下，也不对。最后只好傻傻地拿在手里。

我对亚妮也有秘密了，如果她知道了，会不会恨我呢？

不管怎么样，我想亲口对花夏说谢谢。

09

双休日的下午,我独自一人再次来到了花夏的学校。我问了很久才问到花夏的宿舍,可是男生宿舍不让女生进。

守门的老头子不怀好意地问我:"你是他什么人?"

我犹豫了一下说:"妹妹。"

"哦。"他一副根本就不相信的样子,然后说,"周末不一定在呢,我替你打个电话上去看看吧。"

谢天谢地,花夏在。

他下楼看到我,并没露出很惊奇的样子,而是说:"欢迎啊,小豆子。"

"谢谢你的书。"我的眼睛又只好看着脚尖。

"什么?"花夏说。

看来他不是很想承认呢,我只好又说:"谢谢你介绍几米给我,我很喜欢。"

"呵呵,"花夏说,"宿舍太脏了,不好意思请你上去坐。这样,我请你去喝杯咖啡吧,你大老远来。"

说完,他一把拖过我往前走。

我整个人稀里糊涂被他拉到学校外面的咖啡屋,里面好像全是大学生,有人跟花夏打招呼:"今天换了个小妹妹啊?"

"莫胡说,"花夏说,"是我亲妹子。"

他拉着我一路往里走,是一小小的卡座,我们面对面坐着,他给我要了咖啡,再替我加上方糖。卡座太小了,我们靠得是那么的近,我甚至能听到他的呼吸。花夏突然伸出手来摸了摸我的头发说:"小豆子,有没有试过把头发披下来,会更漂亮一些。"

哎呀呀,他又毛手毛脚的啦。

亚妮说得没错,花夏真的是一个花花公子。我提醒自己要离他远一些,可是我又抗拒不了来自他的诱惑,这种冒险让我全身紧张,每一个毛孔都停止呼吸。

10

"不过,"花夏笑眯眯地说,"女孩子到了二十岁再美也来得及!"

"可是,我永远也美不起来。"我上气不接下气地说。

"谁说的?"花夏说,"小豆子挺好看,要有自信。"

他又是那么认真地在看我。

哦,他长得真是好看,比那个花泽类不知道要好看多少倍。

这一次我没有躲,我在他的眼睛里看到自己,那是我从来就没发现过的一个崭新的自己——被欣赏被娇宠,让自己爱不释手的自己。

临别的时候,我有些艰难地对花夏说:"今天的事,可不可以不要告诉亚妮?"

花夏耸耸肩,再点点头。

我如释重负。

当晚的日记,我只写了一句话:"今天下午,我和一个男生,去过咖啡屋了。"

那些日子我天天看几米的书，这仿佛成为我每天最重要的功课。

我感觉自己像一朵花一样慢慢慢慢奇异甜美地开了，亚妮也看出我的变化来："小豆子你好像和以前不一样了哦？"

我心虚地问："哪里不一样？"

亚妮上上下下地打量我："说不上来。反正就是不一样。"

正好路过的胖妞插嘴说："我看八成是恋爱了。"

我恨不得撕碎她的嘴。

"是十七岁生日快到了吧。"亚妮说，"小豆子你十七岁最想做什么？"

我趴到她耳边说："我想把眼镜换成隐形的，再把头发披下来，你说好不好？"

亚妮作昏倒状。

胖妞像个马屁精一样扶住她说："小心点小心点，你什么时候再带我去看你的花泽类表哥啊。"

"你别做梦了。"亚妮恶作剧地说，"他有一百八十个女朋友，你排不上号哦。"

我的心咯噔乱响。

我又没脸没皮地想，不知道我可以排到多少号呢。

可是那本书我真的好喜欢,还从来没有人这样为我做过事呢。

就这点来说,我真的挺满足的了。

11

十七岁生日那天,刚好又是双休日。亚妮一大早就来敲我的门。她带给我的礼物是一只可爱的坏坏兔。我向她说谢谢。

她有些遗憾地说:"本来有更好的礼物,你不是一直想要几米的书嘛,我上次让花夏替我在网上订了一本,谁知道你到现在也没收到,都怪我笨,相信网上那些破网购!"

那本书就放在我的枕头边上,亚妮不知道,我其实早就收到它了,只不过我一直有些误会而已。我往后坐了坐,挡住亚妮的视线,生怕她会看到它。

一个多么美丽的误会!

我在十七岁的深夜流着泪将那本书深深地锁了起来,我想我再也不会轻易地翻开它。

不过,我早已将每一页背得滚瓜烂熟。最喜欢的就是第一页那幅叫《瞬间》的画。

一个可爱的女生站在一棵开满花的树下,旁边照例是一首诗,那首诗的最后一句我也记得仔细。

那个下午

我们还做了些什么

我早已忘记

只记得最后一朵花飘落时

我却刚好轻轻闭上眼睛

初夏，已经过去了。

GROWING UP
ON TIME

当 你 经 过 我 身 旁

在故事开始之前

写完这篇小说后,我在电台播出了它。

它让我流泪。

让很多的听众流泪。

当你经过我身旁,我可以感觉到你的温情。如果有一天你走得很远,我想对你说,无论你走得多远,你的声音我都听得见。

爱,与我们同在。

01

我是在中午的时候接到怡然的电话的。

她的声音和广播里听起来有那么一点点的不一样:"纪欢,这个周末你愿意来我节目里做嘉宾吗?"

"不要!"我本能地拒绝。

怡然说:"纪欢,你不是一直想看看直播室是什么样子吗?"

我的心里忽上忽下地慌乱起来。其实,这是我盼过和想象过无数次的事情啊,我应该高兴得要命才对,但我沉默了很久,还是对怡然说:"对不起……"

"再想想吧,"怡然说,"我周五再打电话给你。纪欢,我希望你勇敢一些。"

我知道,我让怡然失望了,我真是对不起她,我真是没出息啊。

怡然是我们这里最红的DJ(电台音乐节目主持人),对我来说,无数的下午几乎都是听着她的节目度过的。

我很喜欢怡然的声音,她的声音是属于下午的,有点懒又有点俏皮，像一缕阳光偶尔落进波澜不惊的水里，瞬间便扬起无数的色彩来。这时，窗外常常会飘来淡淡的花香，可能是栀子花，可能是玫瑰，也有可能是茉莉。我总是分不清各种花的香味，但我却记得它们的模样，红的，白的，一朵朵牢牢地开在我的记忆里。

只能用记忆这个词，因为从十四岁的某一天起，我就渐渐地看不见这个世界了。

医院的诊断书很简单：青光眼。

爸爸妈妈为我花光了所有的积蓄，我依然只能看到一点点影影绰绰的光。书是当然不能再念了，我所能做的，就是整天整天地待在家里。失明让我的耳朵变得异常的灵敏，我家住在六楼，可爸爸妈妈下班走到一楼我就可以听出他们的脚步声来。他们走路都是那么的匆匆忙忙，生怕我在家里会出什么事。

我知道，他们最担心的就是住我家楼上那个叫黑皮的男孩。

02

我不知道他的真名,只知道大家都叫他黑皮。他妈妈死得早,爸爸根本就管不住他,他最大的爱好就是潜入他人家里偷东西。这里的楼上楼下差不多都被他偷遍了,还记得有一次我在家里好好地坐着,突然就听到一个男声说:"你是真的看不见吗?"

我吓得差点晕过去:"谁?"

"黑皮。"他说,"你别怕,你家穷得要命,我什么也不会偷的。"

"你吓到我了,"我说,"你怎么进来的?"

"这对本少爷来说实在是太简单,"他说,"不值一提。"

"奇怪。"我说,"什么声音都瞒不过我的耳朵,可是我真的没有听到你进来。"

"这就叫本事啊。"他得意地笑着说,"我走了,不过我还会来,我保证你还是听不到我进来的声音。"

"别那么自信。"我说。

"那好吧,下一回看我们谁厉害。"这回他是从门走出去的,我听到他关门的声音,轻轻的。

黑皮?我记忆里的他并不是很黑,文文静静的,也不像个小偷啊。

我跟妈妈说了这事后,妈妈吓得什么似的,再三叮嘱我他们不在家要把门反锁好。妈妈真是好妈妈,我偎到她的怀里不说话。妈妈摸着我的长发说:"小欢,妈妈还会想办法,我们不会放弃的。"

我摇摇头不让她说下去。

我知道妈妈爸爸该想的办法都已经想尽了。

更何况,爸爸也下岗了,现在在替一个私企老板干点体力活,累就不说了,工资还一个月一个月地往下拖。他们以为我什么也不知道,其实我心里什么都清楚。

我所能做的,就是尽量少给他们添乱。我照妈妈的要求天天反锁了门,但其实我却希望黑皮又可以无声无息地出现。因为没有人说话的日子,真是寂寞啊。

偏偏黑皮很久也不来。

我觉得他也不厉害,看来一扇反锁的门就难住了他。

一个人的时候,听广播真是一个最好的选择。

何况,我是那么喜欢怡然。

03

我还记得我第一次鼓足勇气参与怡然的节目,她在那天的节目里说:"春天就要来了呀,各位听友喜欢春天吗?总之怡然很喜欢,因为春天可以做的事实在是太多了,可以和好友一起去踏青,或者静静地坐着计划一下一整年,来得及去认识一些人和慢慢地忘记一些人。为了这要来的春天,让我们来听歌吧,听一首任贤齐的《春天花会开》,怡然爱春天,也爱你们。"

说完,怡然开始放歌。

春天花会开
鸟儿自由自在
我还是在等待
……

我突然想起我初中时的同桌,那个叫林立的男生,长得特别像任贤齐,眼睛小小的,说起话来总是笑眯眯。我视力下降的那阵子，他总是帮着我记笔记，在上课的时候一次次歪过头来问我："纪欢，你看不看得见？"或者干脆把本子递给我说："纪欢，抄我的！"

多好心的男生，可是现在他一定早就记不得我了，他的身旁一定坐着一个可爱的女生，眼睛大而明亮，笑起来惊天动地。

我离校园，离他们，真的很远了。

远到永远也回不去的那么远。

我的心痛得厉害，可是我不敢哭，我怕我再哭，会连那一点点的光也看不见了。跌到完完全全的黑暗里，是多么让人绝望的一件事啊。

我突然很想找人说说话，可是和往常一模一样，我的身边一个人也没有。于是我摸索着拨通了怡然的热线电话。

怡然负责的节目电话一直很多人打，那是我第一次打她的电话，奇怪的是竟然一下子就通了。我对怡然说我要点歌，怡然说好啊，那么送给谁呢？

"不知道。"我说。

"哦？"怡然说，"这个下午有点寂寞吗？"

"其实每一个下午都寂寞呢。"我说。

"那就做点什么吧。"怡然俏皮地说，"读自己喜欢的书，看喜欢看的电视，找朋友来聊聊天。当然，听怡然的节目是最好的选择啦。"

"你可以陪我聊聊天吗?"我有些无理地说。我平时最讨厌的就是打进热线喋喋不休的听众,可是那天我还是忍不住提出这样的要求。

怡然的脾气也好极了,她说:"好啊,你想说什么?"

"我想说我不喜欢春天。"

04

"为什么?"怡然显然对我的话题感兴趣了。

"因为春天并不像你说的那样,来得及去认识一些人和慢慢地忘掉一些人,你太天真了知道吗?"说完,我很不礼貌地挂了电话。

怡然在一阵嘟嘟声后说:"一定是个寂寞的女孩吧,你的声音很好听呢,我还想继续听你说下去。为什么要挂电话呢?不管怎样,怡然希望你快乐!"

她并没有责备我的不礼貌,还送歌给我。

我在怡然的节目结束后打电话到导播室给她道歉,说我不该骂她天真。她哈哈大笑说:"比你更过分的听众多得是,我不会放在心上的。"

"那就好。"我跟她说再见。

"等等!"她喊住我说,"不想跟我说说心事?"

"主持人都是很忙的。"我说。

"说吧,"怡然说,"我感觉你有话想跟我说。"

于是我跟怡然简单地说了我的情况。我对她说我眼睛有些不好，所以只能待在家里，每天最开心的事就是听她的节目。

"我很荣幸。"怡然说，"可以为你做点什么吗？"

"要不你跟我说说你的直播室是什么样吧，我一直都好想做一个主持人呢。"

怡然说："我还是请你来参观吧，要我形容多累啊。"又说："眼睛差到什么地步，可以看到多少？"

"还好。"我撒了谎，我没有告诉她我其实就跟盲人差不多。

刚放下电话，我就听到黑皮在说："电台的节目最无聊。"

我从椅子上哗地站起来说："黑皮你什么时候进来的？"

我真怕他听到我刚才跟怡然的对话，因为站得急，我撞到了椅子的扶手，差一点摔到地上。

一只手扶住了我，说："你小心点。"

我慌乱地推开那只手，说："要干什么？"

"嘿嘿。"他坏笑着说，"我要干什么早干了。"

真是个坏小子。可我还是喜欢他来看我，我说："我今天在听节目和讲电话，没听到你进来并不代表我输。"

"好吧。"他说，"明天我们接着比赛。"

"你明天还来吗？"我说，"你很多天不来。"

"我进局子了，"黑皮满不在乎地说，"才放出来。"

"你不像做坏事的啊，"我说，"一点也不像。"

"只有你这么说，"黑皮说，"坏人的脸上不刻字，你要知道这点，不然是要吃亏的。"

"我看不见你的脸。"我很老实地说，"我只记得两年前的你。"

"有点可惜，"黑皮脸皮很厚地说，"现在我帅多了。"

我笑。

黑皮又说："其实你也很漂亮，你的眼睛很大，可惜看不见。"第一次有男生夸我漂亮，我的脸红了。我相信黑皮一定看到了，我很感激他并没有笑话我。我总觉得黑皮不是那么坏的。

05

我没有把黑皮来我家的事告诉妈妈，有的时候我还会给他泡好一杯茶等他来陪我说两句话。黑皮说起话来天南海北的，胡扯的本事一流，常常把自己吹得比小说里的飞贼还要厉害。他的故事常常漏洞百出，可是我从不拆穿它，因为我真的喜欢听。

有的时候他很长时间不来，我就在怡然的节目里点歌送给他。虽然他从来不听广播，可是我还是希望他可以听见。

会知道，我很想念他。我是真的把他当作朋友的。

我很怕他又做坏事。

这不，黑皮又是很久不来了。我的心情一直好不起来。

怡然打电话希望我可以到她的节目里去做嘉宾。我有些怕去。我怕给别人讲起我的故事，最主要的是我怕别人同情我。

我想我不需要任何的同情，我更需要的是友情，像黑皮所给我的那种友情，就挺温暖。

胡思乱想中，妈妈下班了。她刚一进门就惊叫起来说："谁的钱？"

"什么？"我说。

"桌上是谁放的钱？"

我的手颤抖地摸过去，是一沓崭新的人民币。

妈妈告诉我，有三千块。跟着放在旁边的，是一个带耳机的小收音机。

我知道是黑皮，钱是他放的。他来过了，我竟然又没听到。

他没有留下只言片语，但我知道这钱是给我治病的。黑皮曾经说过，我的病根本不算什么，有钱就一定可以治好。黑皮还说过，我家的收音机太破了，扔了也罢。

我让妈妈带着我上楼去找黑皮，警察也在，他们也正在找黑皮，说黑皮为了一个哥们打伤了别人，畏罪潜逃了。

畏罪潜逃？这是多么令人绝望的词。

06

失明后,我第一次流下了眼泪。

我希望他们永远也不要找到黑皮,可是又希望黑皮会回来。我不希望有人说黑皮是坏人,在我心里,他真的是一个彻头彻尾的好人呢。

难道人真的就是这么奇怪吗?

我打电话给怡然,我告诉她我很愿意做她的嘉宾。我想把我和黑皮的故事告诉大家,我还希望从来不听广播的黑皮可以听到我的节目。我想对他说:"希望你下一次经过我身旁,是正大光明地来敲我家的门。我和我全家都会欢迎你。我等着你回来,像我一样勇敢地面对该面对的一切。无论如何,你都是我永远的朋友。"

我还要为他放一首歌,因为黑皮说过,这个世界上要是还有什么歌好听的话,那就是《世上只有妈妈好》。

只是,黑皮会听到吗?

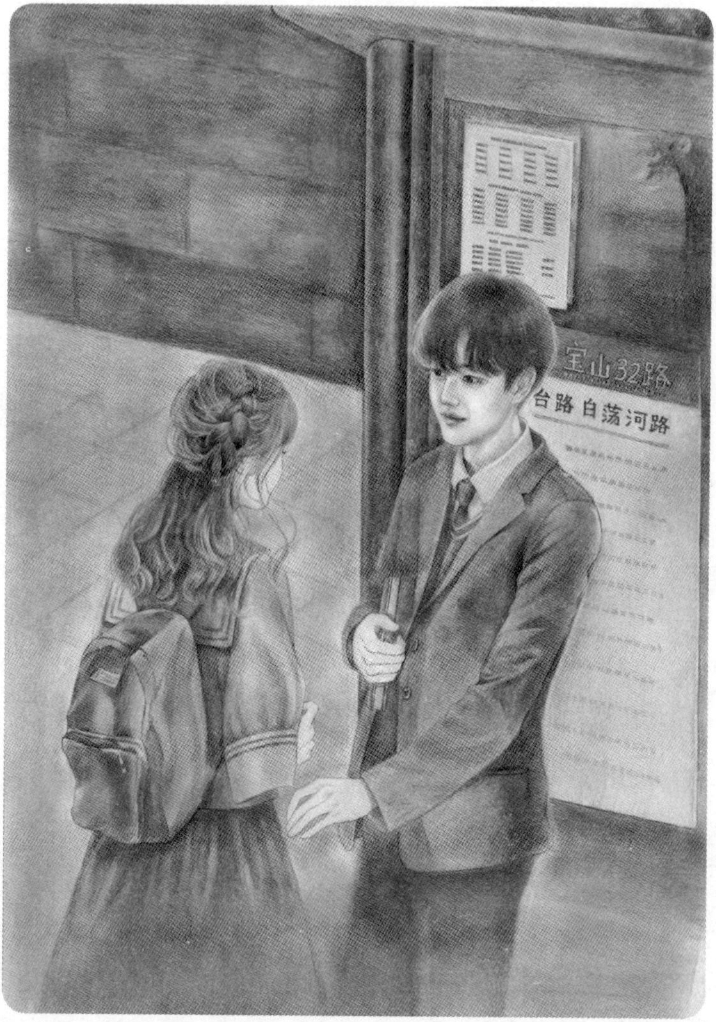

GROWING UP
ON TIME

塔 里 的 女 孩

在故事开始之前

我读书的时候,我们班上有个特漂亮的女生,但是她跟我说过,她很孤独。她说这话的时候脸上的表情很痛苦,虽然她痛苦的样子也很漂亮,但是我对她产生了深深的同情。

后来我就写了这篇《塔里的女孩》。很长的一段时间,这篇小说都是我自己最最喜欢的。它获得当年《少年文艺》最受欢迎的作品奖。

希望你也会喜欢它。

01

在我还是个小女孩的时候,我就一直想,等到有一天长大了,既青春又美丽,不知道会有多好。

有一天我突然发现自己已经长大了,像一朵含苞的花,没有声音地便在某个很平常的清晨悄然开放,于是我开始有一种甜蜜的恐惧,预感到总有什么事要发生,吉凶未卜。

现在的我开始明白,再美的东西总有昙花凋落的一刻。时日翻飞,我也将渐渐地老去,像完成一部长篇小说一样完成我的一生。唯一应该做的,是趁年轻时寻求到几段精彩的情节给自己,也给所有的有意无意中读我的人。

我叫静。

很普通的名字。

但我非常漂亮,这就决定了我今生今世无法做一个安分守己普普通通地按常规长大的女孩。

十五岁前,美丽对我只是戴在头上的花冠,自己未曾看到;十五岁后,我才真正地切肤般体会出它的价值。对身边别的女孩来说,我多出了一笔不可多得的财富,一笔让我时忧时乐不知是祸是福难辨优劣的财富。

那年我考上了市重点的高中。

这对于念了九年子弟学校的我来说，生活无疑是就此翻开了新的一页。好几个夜晚我重复着一个相同的梦境，梦见重重浓雾中一扇神秘的门徐徐地朝着自己敞开，如"芝麻开门芝麻开门"般模糊不清的声音在偌大的空间里久久回荡……

至今想起我初进校的那段时光，心中仍有一种很幸福的悸动。我毫不怀疑地想，多年后当自己已经很老很老了，再重忆这段初绽芬芳的少女时代，这种悸动仍会记忆犹新催人泪下。

我跨进校门的第一天起便被封上了"校花"的称号，在众口相传中，我差点变成凌驾于林青霞、张曼玉、嘉宝和费雯丽之上的圣女。

于是打那以后好长一段时间，一下课便总有三三两两的男生女生有事没事探头探脑地走过我们的教室，脸上带着那种就要一睹大明星风采的惊慌的喜悦。

琪是我的同桌，大眼睛尖下巴短头发，全身上下都充满了夏天的浪漫气息。她拍着我的肩膀说："静，你最好去请个交通警察来，出了交通事故你可负不起责任哦。"

琪说得一本正经反倒不像开玩笑似的，我惴惴不安地享受着这份虚荣,不允许自己有任何窃喜的感觉,仿佛那是对自己善良天性的亵渎。

我从小在厂里长大,厂在郊区,可什么都有,银行、邮局、市场电影院、娱乐中心、百货商店,简直就是一座繁华的孤城。

但和琪没相处几天,她便说我是个没见过世面的女孩儿。

听爸妈说我们以前的老家在海边,出门便是一汪幽蓝幽蓝的海水,后来为了支援内地建设才随厂迁到四川来的。

琪听了说:"真是可惜,你要是在海边长大不知有多飘逸。"她直言不讳地说:"静,你身上还缺点飘逸的气质,那对女孩,特别是漂亮女孩来说很重要。"

不管琪说这话是出于什么目的,总之为着有人这么率直地同我说话,我心里升起满满一湖温暖的安慰,从此把琪当作朋友。

琪比我大一岁,但比我懂事许多,谈笑之间总喜爱以姐姐自居。琪不漂亮,但相当有气质,特别是戴着夏天那顶宽边草帽的她总会令我不可压抑地怦然心动。

我常想,时空可以将人生割为一段又一段,每一段都有着不同的人陪你共行。我之所以愿意将最青春的一段留给琪,是因为我感到她一丁点儿也没有把我和"林青霞"什么的联系在一起。至少在这三年里,我一定可以同她肩并肩地哭,肩并肩地笑,肩并肩地去生活。

然而事实却不是这样。

02

一切都是因为凌。

凌闯进我生命时,我十六岁。

十六岁的花季,开得灿烂缤纷夺人眼目。从我第一次红着脸惊慌失措地告诉琪有男孩约我看电影怎么办时,我已经习惯在他人仰慕或嫉妒的眼神下自然地生活,对那些写满了各式各样热烈字眼的信也不再感到新奇和惶然。只是不知怎么仍穿不惯稍显新潮的衣服,在衣着打扮上羞涩得离谱。

妈妈四十岁了,可看上去年轻而又美丽。她最不能忍受我这一点,三天两头便对我说一次少女在衣着上应该有少女的风采。琪却不同,她曾蹩脚但幽默地对我说:"乌鸦的翅膀绝对遮不住太阳的光芒,静你是个不求名利不慕虚荣的好女孩。"

如果,如果不是遇到了凌,我想或许我的一生就那么我行我素地过来了。那些日子我未曾计算过自己的梦想,但我知道它们少得可怜。因为对自己来说,想得到的东西总是来得太容易,所以我不懂什么叫追求什么叫珍惜,所以我没有机会去明白唾手可得的东西原来也是最容易失去的。

那是在一个春日午后。

那年的春天，春意特别浓，春风春雨浓得像一个无法化开的梦境。由于琪中午回家吃饭，所以中午的时间对我来说是比较寂寞的。透过教室的窗口看出去，那片湛蓝而高远的天空被校园的树木支离得很破碎，凌就那样走进我的视线。

当他走进教室走到琪的位子前站定时，我明白了他找我，于是面无表情地盯着他。

他突然笑了，这一笑反而让我觉得有些窘然，把头掉了过去。

"我是琪的朋友，"他在琪的位子上坐下，"找你帮个忙好吗？"

"什么事？"我奇怪。

"本来想让琪来说，但想想还是自己来比较好。"他直截了当地说，"我叫凌，高二的，我想画一幅以少女为题材的画，请你做模特儿好吗？"

"你要考美院？"我问他。

"是的。"

我顿时对他产生了好感。小时候的我是挺喜欢画画的，还描着小人书画过好长一段时间，那时最羡慕的就是穿了长长的上衣和牛仔裤背着画夹打大街潇潇洒洒走过的女孩。只是随着年龄和学业的增长,这个梦已经渐行渐远模糊得遥不可及了。这个叫凌的男孩牵痛了我对儿童时代的一种神秘而久远的回忆,一时之间,我竟不知该答应他还是拒绝他。

"很冒昧,是吧?"他微微笑了,接着说,"要知道这事对你来说很枯燥,既浪费时间又没有报酬。"

"那你还来找我,还告诉我这些。"

"有万分之一的把握又何尝不可一试呢?你考虑一下好吗?我每天中午和下午放学都在教学楼底楼那间画室里。"

说完,他站起身来,刚要走却又俯下身来真诚地说:"很怕你让我失望,真的。"

凌走时我特意看了一眼他的背影,不算高,瘦而有力,一个画家的背影。

那天琪一来我便跟她说这事。琪告诉我凌是她小时候的邻居。"他是全校最多才多艺的学生,"琪说,"音乐美术文学无所不能,但最爱的是美术。"

"他是你的朋友,我不好拒绝呢。"

"小姑娘,"琪轻拍一下我的肩,"别整天锁在你美丽的象牙塔里,去多认识些朋友对你有益处。"

中午的校园一如既往的宁静,我推开那间画室的门。门很旧,吱吱地响了好一阵,这一瞬间的镜头与我那不断重复的梦境奇异地吻合,我没有意识到那就是冥冥之中的命运。

03

凌用半个多月的时间完成了那幅画,他把它叫作《多梦时节》。

真的,再也没有比少女时代更多梦的时节了。我坐在画室里,用眼光一遍一遍地温柔抚摸它,为凌的才华而深深折服。

画面是一个少女抱膝坐在地上,头半低着,长发和睫毛都细细地垂下来,脸上的表情很柔和,柔和得如同拥有世间的万物一般。在她身后是一棵树,树干很粗却显得很轻,空空洞洞的,没有灵魂地立着。

"瞧你多美!"凌不知何时出现在我身后,递给我一支冰激淋,一面又说,"就这点报酬,小姑娘,权当庆贺吧!"

"小姑娘?"我不满。

"怎么了,琪不总是这么叫你吗?我叫就不行了?"

"你和琪一块儿长大?"

"是的,我们熟悉彼此的童年。"凌将那幅画挂到墙上,"小时候的她就懂事得让我惊讶。"

"凌,"我忍不住问他一个憋了很久的问题,"人是不是有了美丽就什么都有了？"

"当然啦，"他笑嘻嘻地答我，"爱美之心，人皆有之。"

"真的？"我望着他。

"怎么会？"他随即正色道，"要有才能，人没有才能在哪儿也无法立足。"

"可我什么才能也没有。"我哀怨地说。

"别忘了你有青春，有了青春便有无数次的机会。"

凌鼓励地看我，他的眼是片温温暖暖的海洋，我落进去不知不觉。

爱上凌就是那么简单的一件事。

如同一篇散文的开始，不加任何的修饰也没有任何的预兆。我就那样没有什么理由地迷恋上他的一言一行，起初的我甚至还不知道，原来那就叫作爱情。

不去画室的日子，我觉得生活一下子变得空荡而呆板。夜以继日地，我思念着凌，渴望着见到他。但少女的矜持却不允许我有任何主动的行为。唯一的机会是在每天课间操时，只要精心地计算好出教室的时间和速度，就能够见他。很多时候我们并没有交谈，哪怕只是轻轻一笑作为问候，我的心里也会尖锐地腾起一股传遍全身的幸福。

谁说漂亮的女孩不懂爱，谁说？

04

周末。

我邀琪同我一起坐厂车去我家玩。那夜同爸妈一起看完一部让人笑破肚皮的喜剧片后，我俩便躲进了我那间小屋里。

琪把我的小录音机打开，轻柔的音乐立刻如细雨一样弥漫了房间的各个角落。音乐中灯光下，琪的眼显得又黑又亮。

"我们来跳舞吧。"琪热切地说，不由分说便将我从床边拉起来，"来，我来教你跳华尔兹。"

琪的热情感染了我，我开心地随着她旋转起来。虽然小屋的空间有限，但我们的舞步仍慢慢地娴熟优美，我感觉到青春的气息在四周如和风一样地涌动。凌是多么英明，他知道有了青春便有无数次的机会，他是多么英明。

意犹未尽，我又把妈平日给我买的我极少穿的衣服拖出来，一件一件地穿给琪看。

"怎么样，好不好看？"我忐忑。

琪不语，微笑。

"穿什么好一点？"我再问。

"新娘服最好！"琪冷不防把一条白纱裙扔到我头上，"这是头纱。"

"哎呀！"我赶忙把它从头上拂下来，"永远永远也不会有这一天的。"

"会有的。"琪一本正经地说，"静，你不知道你有多美，你实在应该穿漂亮点。"

"是不是有了美丽便什么都有了？"

"倒也不是，但美丽是你的长处，美丽的青春多令人羡慕。"她感叹。

哦，不，琪，你不知道凌，你不知道我心中的凌，我与无数平凡的女孩一样守候着心中的花季早日来临，我没有童话里的魔杖，点什么有什么，哦，我没有。

独守着这份星光一样一泻千里的情愫，我很陶醉，甚至没有任何奢求。我想我不会让任何人知道的，千年万年，沧海桑田，这个秘密将永远如春天般滋润在我的心里，谁也不会知道，谁也不会。

然而，然而就在琪替我将那条白裙挂回衣橱时，她却用一种相当随意的口气问道："静，喜欢凌是吧？"

"喜欢凌是吧？"

……

113

我惊愕,继而沮丧。

我与琪毫无芥蒂的友谊就此告了一个段落,我不知道是谁的错。但我怨恨她没有余地地洞悉我的一切,我甚至疑心她曾因窥见过我心中因凌而起的大悲大喜而幸灾乐祸过。这就如同我和琪之间本隔着一张薄且透明的纸,琪透过它清楚地看到我倒也无所谓,可她却把它戳破了。

为此我久久不能释怀。

05

琪熟知我的心事，有一次她带着尴尬的神色说："静，我知道有些事该你一个人独享的，我没有想刻意地闯进你的世界。"

"琪，你在说什么？"我一派天真，"我们是好朋友，不是吗？"

省教委要到学校来检查。我们停了半天课来做清洁，那架势恨不得去借消防队的高压水龙头来将全校上下都冲洗几遍。

刚好轮到琪他们组办班上的黑板报，老师说我们班是全校优秀班集体，说不定教委的人会到我们教室来看一看，所以板报一定要出好要有新意。

琪自然去请凌来帮忙。

"嗨，小姑娘！"凌一进教室就熟络地同我打招呼，"好久不见，等厂车吗？"

"是的。"我回答他，"挤公交车实在是吃不消，这一个多小时刚好够我复习完当天的功课。"

"怪不得不见你怎么用功成绩也不赖。"琪笑着接话，然后把彩色粉笔直尺三角板一股脑儿塞到凌的手里。

"开工开工，"她说，"速战速决！"

我一心一意地把心思放到泰戈尔那本《沉船》里去。

板报出来不久，便有传闻说琪恋爱了，还是青梅竹马。

琪对我说："这些人真是没意思，说就说呗，谁说了谁烂舌头。"

我不相信。

凌是要在这个世界大展拳脚的人，他才不会傻乎乎地把他的美好前程葬送在一场不成熟的恋爱里呢。

但我见过琪和他的背影，夕阳西下的余晖里对我来说是一种极其懵懂却极其渴望的心情。

不知道凌要是知道我对他的感觉会怎么想，但他只不过当我是个没长大的"小姑娘"，一个什么也不懂的"塔里的女孩"，怎么可以这样呢？我觉得我应该尝试去懂得去学会很多很多的东西。我要让凌看到我美丽的外表下面蕴藏着的许许多多灼人的光芒。

就此我走到生命拐弯的地方。

杨来得正是时候。

06

杨是技校生，毕业后在我们学校附近一所小单位做会计，工作一年多了，可看上去仍是个普普通通的学生样，没有什么特别之处。但他来得正是时候。

那时的我很想知道爱情究竟是什么滋味，我希望有人来替我揭开它的面纱，但绝不是凌。爱情可以教会我很多，我固执地想。

杨起初是给我写信，厚厚的信封全由邻班那个高高大大的女生传来，毫无遮掩。后来又到电台给我点歌，林志颖的《等待的男孩》，又或是守在校门口一语不发地看着我进进出出。琪说这人不怀好意，天天放学自告奋勇地留下来陪我，送我上了厂车她才回家。

杨一如既往，只是有一次别出心裁地送来一束花，大红的一捧玫瑰在课间操后突然出现在我桌面上，斜斜的"Y"字母让我的心情在惊喜与不安中几度流转。以前在小说中读到在电视中看到送花的情景，心中总有一种温柔的牵动，年轻的岁月美如花，杨替我圆了一个潜意识的梦，我觉得该回报他一点什么。

于是我给他回了一封信，告诉他我要全心全意去迎接期末考试，有什么事等考过再说，还有就是谢谢他的花。

杨果真销声匿迹。

再见到他是在我高一的最后一天，我穿了一条蓝色的裙子，手里握着一张还算满意的成绩通知单，阳光明媚的一个夏日。

"嗨，杨！"我主动招呼他。

他先是一愣，随即就笑，杨的笑竟像一个十三四岁的少年，那么纯真那么明朗。

我突然间觉得自己好像做错了什么，我想转身逃开，可是一切已经来不及了。

一切已经来不及了，我知道。我急于要从自己的象牙塔里走出来，心灵深处有个不纯洁的声音反复提醒杨可以帮我。这一切因年轻而萌发的草率使我在好长一段时间内都来不及去细想自己究竟做了些什么。

假期里琪最先来看我。

她的头发长了些，轻轻地拂在肩上，夏日的阳光将她的脸晒成那种健康的红色。说真的，琪的大度常常使我产生一种极度的愧疚感，我费了好大的劲才把这种感觉藏起来，不让自己看见，更不让琪看见。

"假期打算做什么？"琪问我。

"还没打算呢。"

"我接了两个家教，两个都是小学毕业生的启蒙英语，我想我能做好的。"

"凌呢？"我忍不住轻轻问。

"他正四处筹钱准备去西双版纳写生呢，一个人去，够胆大也够浪漫的。"

我一点也不奇怪，这正是该凌去做的事。我记得在学校展览处的橱窗里曾见过凌一张照片：戴了顶破草帽，脏兮兮的衣服，光着脚丫踩在泥地里，活脱脱一个乡下人模样。凌生命中的每一个细节总令我无限感动。

琪第二次来，杨也在。

杨其实并不常来，因为有工作在身，所以在假期中百无聊赖的我也乐得偶尔和他一起去看场电影或溜溜冰什么的。最主要的是，杨是那种可以与你面对面坐着谈心的人。

我是否在利用他的感情？我不给自己时间想下去，不让自己内疚。

琪见到杨并未露出丝毫惊奇之色，而是自然而又热情地与他打招呼，倒是杨显得极为局促不安，不时地以喝茶来掩饰他的窘态。

"凌今天走了，"琪说，"我和哥去火车站送他来着。"

我装作没听见，故意转头对杨说："你记得回厂请假哦，你答应过明天陪我去爬山的。"

"好，好。"杨宽厚地答，"我看我还是先走吧，你和琪好好聊聊。"

杨走后，琪问我："静，怎么会这样呢？"

"我们只是朋友，杨待我很好。"我低声说。

"杨可不这么想，"琪真诚地说，"不要玩火。"

"是的是的。"我说，"我知道。"

杨是心甘情愿的，我在心里安慰自己。

然而那夜我却做梦，梦见满地的黄沙，杨满身是血地立在我面间，眼神里充满怨毒和愤恨。

辗转惊醒，竟浑身战栗，再难入睡。

07

杨的二十岁生日，他们厂的工会要为他举办一场舞会。

除了厂里的同事以外，杨还邀来不少他的老同学和老朋友。虽然琪和我刻意打扮了一番，甚至还淡淡地化了个妆，但夹在中间仍是不可阻挡地流出一股学生味来。

"也许我们不该来的，"我贴在琪耳边说，"我总觉得这儿的气氛不适合我们。"

"既来之，则安之。"琪说，"见见世面也好。"

杨请我跳第一曲，我们隔得很近，我闻到他新西装上发出的隐隐香味，不知怎么的就有些眩晕。这才想起原来竟是第一次与男孩共舞，想到这儿我不自觉地挺了挺背，本不娴熟的舞步愈显慌乱。杨似乎并未察觉，目光游移不定，我不知他在想什么。

女歌手的声音如泣如诉：

……

藏在你的天空握住他的温柔

我的泪水始终没有停过

我可以给你无尽的等候

取代我的融化些许的冷漠

哦……

爱情的故事对我

就像一场空白等候

哦……

爱情的故事对我

就像一场没有开始的梦

……

蓦然间瞥见琪紫色的衣服,她正与一个高高的男孩在旋转,那男孩子有着与凌极为相似的眼神。

凌,我突然狂猛地想凌。远方的他可好,远方的他可平安。那一夜我是所有男孩的目标,我没有拒绝任何人的邀请,带着微笑与他们共舞,与他们交谈,听他们有意无意的赞美时,我也有过虚荣心极度膨胀的罪恶感,但它却只是在灯光闪烁中一飞而逝,那夜的我刻意要放纵一下自己的青春。

华宴散尽。杨送我归家。

公交车的站牌下只有稀稀落落的几个人。我摸摸自己的脸,有点烫,那种刚刚做完主角的兴奋还没有消退,我甚至遗憾这么快就到了落幕的时间。

杨突然用手环抱住我的肩膀，有些语无伦次地说："静，你不知道你有多出色，我从来、从来都没想过自己会有这么幸运。"

一种说不出的不安和惊慌像海水一样漫过我的心头，我挺直了背，用一种尽量镇定的口气说："杨，杨，请你不要这样。"

杨像被烫了似的放下他的手，脸顿时涨得通红。

"对不起，对不起。"我在心里对杨说，看他一眼我相信他能从我的眼神里读出深深的抱歉和内疚。

杨想笑得很宽容却异常苦涩。

如水的夜风轻轻拂过，我欲哭无泪，或许这许多的错都在于我们太年轻？或许这许多的错都因我从象牙塔里急急迈出而迷失方向？

08

很宁静的夏夜，我热得无法入睡，倚在床头读陈丹燕的小说。

陈丹燕是琪介绍给我的，琪说她专写少女题材的小说，于是我毫不犹豫地借来看，渴望有一个像我这样的女孩出现在她的书里，并有一个已经设置的美好结局，那时我将不再迷茫，一切有多好。

妈妈走进来，替我将呜呜作响的吊扇关掉，提来一台迷你扇放在我床头，这才挨着我坐下。

"睡不着？在看什么书呢？"

"向琪借的。"我说，"妈妈你去睡吧，明天还要工作呢。"

"都长这么大了，"妈突然很慈爱地抚摸了一下我乌黑的长发，有点感慨地说，"小静，爸爸妈妈工作太忙，平时和你聊天的时间似乎都没有，你不会怪我们吧？"

"怎么会呢，我能照顾自己了。"

"女孩子太漂亮了麻烦多一些，"妈妈闪烁其词地说，"要把握好自己，嗯？"

"是的，妈妈。"我说，想到他可能是指杨，于是补充道，"杨和我是好朋友。"

"我相信。"妈妈说，朦胧的夜色中我再次惊异于她的美丽。小时候谁都羡慕我有个天仙似的母亲，长大后谁都说我是她的再版，看到她，我恍若看到二三十年后的自己。那时的我是否也和她一样，每天辛勤工作支撑一个普普通通的家庭，在另一个美丽小女孩身上延续自己的梦，青春被渐渐遗漏，一代又一代，就是这样的吗？就这样长此一生吗？

于是常常会有那么一刻，无论站着或坐着，无论正在做着什么，我会很清晰地想起自己来，想起自己仍是芸芸众生中极为平凡的一分子而岁月却不待人，就有一股揪心的疼痛。

美丽，美丽有什么用？

陈丹燕没有给我答案，陈丹燕他们把我忽略了，他们习惯把镜头对准丑小鸭，而忘掉白天鹅美丽外表包裹着的疲惫与无助。

啊，原来小说是不可以指引人生的。

新学期。

又开始有人在我们教室门口转悠，琪告诉我他们是才进校的新生，慕名而来看看我。

我没有什么感觉。

凌才是全校最轰动的人物，他西双版纳之行的摄影和绘画展在学校举行了好几天，谁都知道他。

我却没有去看，我不想见到他，宁愿远远地猜想他的辉煌，我深知自己的肤浅和凌的出色注定了我永远也走不进他的生活，哪怕只是朋友。

就当他是我人生小说里一段错过了的章节，轻轻地删去罢了。我的作品，精彩或沉闷，总得由我自己来完成。

可是杨呢？杨怎么办？

课间的时候，杨为我送来香喷喷的面包；为了一本并不重要的参考书，杨为我跑遍了整个城市；他甚至去买了辆蓝色的摩托车来学着开，计划着每天送我上学……

而我唯一能做的，却是千方百计地避开他，寻求不与他见面的理由，为此我甚至违心地和另几个男孩一同出去游玩。这一切杨看在眼里，他会悄悄消失的。我祈祷，我不敢再面对他，我对不起杨。

直到那天，琪说："去见见杨吧，静，你得为自己所做的事付出代价。"

代价？琪的语气中有着明显不满的成分，连琪都这么看我，我怎么办怎么办？

09

放学后,路过操场,我不由自主地朝着那间画室走去,吱吱作响的门使我好像一下子掉进了时光隧道里去,久久回不到现实。

"静,怎么是你?"凌惊奇地说,"我认为你前几天该来捧捧场的。"

我看凌,他变得又黑又瘦,却仍是一张充满生机的面孔。这世界有一种人,工作可以使他们精力充沛万事皆喜,凌和我爸妈一样,他们都是这种人。

环顾四周,竟发现那张《多梦时节》仍挂在那儿,走过去摸了一下,有极不真实的感觉。

"来看看自己?"凌笑着问。

"再不是自己了。"我低声说。

"每个人都会有做错的时候,"凌温和地说,"这一切没有关系。"

啊,原来他什么都知道。

"有一个女孩,"我看着那幅画幽幽地说,"在人群的赞美和簇拥中曾以为美丽的自己拥有世间的一切，可是塔里的梦是无法放飞的，当她走出来接受外界风雨的冲洗时，才发现自己几乎一无所长，稍不经意就伤得手足无措。"

"你得明白，有时候，正是因为这些美丽的错误，才使得我们的人生更为完整。"凌看着我，认真说道，"还好，我们尚且年轻，不是吗？"

"凌，爱情是什么？"我问。

凌不答，容忍而理解地看着我。

我失声痛哭。

琪何时进来的我不知道。她和凌都没劝我，一任我将这一年多来所有的惆怅迷惘伤心愧疚彻彻底底地溶解在泪水里。

良久，琪才替我擦干泪，凑到我耳边小声说："怎么懂爱情呢？我们都还那么年轻，不是吗？"

"一生中，每个阶段有每个阶段不同的精彩。"凌大声对我和琪说，"我们不能操之过急，得趁年轻时为自己抓住点什么。"

我停止抽泣，何时真正走出误区给自己一个清静明朗的心境？我不知道。但，该是面对杨的时候了。

"去吧，"琪说，"杨在等你。"

走出画室，才发现今天的阳光是那么的灿烂，灰色白色的鸽子在晴空中自由翱翔,这是塔外的世界吗?如此安谧恬静如此温柔美好。

抬眼看,校门口立着一个黑色的身影,还有一辆蓝色的摩托车。

那是杨,我知道。

稍稍一怔,我快步迎上前去。

GROWING UP
ON TIME

未 完 的 小 说

在故事开始之前

很多人都说，我只会写女生，女生在我的笔下活灵活现，而一旦写到男生，我就蔫了。

这是我第一篇以男生为主角的小说，男生"维丹利"确实存在，他是镇江人，网名也确实叫"镇中才子维丹利"。我做 DJ 的时候，曾经邀请他到我节目里来做过一次嘉宾，他紧张得额头上直冒汗，身子也一直在抖，但是他就是硬撑着告诉我他不紧张一点儿也不紧张，我差点笑岔气。

才子维丹利今年要高考了，祝他考个好学校。

至于本故事——全是我的虚构，如有雷同，纯属巧合，嘿嘿。

01

维丹利实际上并不叫维丹利,他的真名叫李游。

木子李,游玩的游。

不过,他介绍自己的时候一般会说:"李白的李,陆游的游。"然后很得意地一挤眼睛,踌躇满志得要了命。

维丹利是他给自己起的网名,还有一个定语,加在一起是:少年才子维丹利。

少年才子维丹利是我忠实的读者。

我的每一篇小说,他都会认真地阅读,然后给我写一封洋洋洒洒的E-mail(邮件),告诉我他的意见和建议。他的话有时很离谱,有时很中肯。但不管如何,我都喜欢读他的信,读的时候,多半是微微笑着的。

我和很多的少年朋友做网友,但只有维丹利和我居住在同一个城市。

这是一个叫丹城的小地方,有很多的雨。不下雨的时候,天空就飘着细细的灰尘。白衬衫只能穿半天,到街上逛一圈回来,领口和袖口就会黑了。维丹利在给我的信中说:

"我真不喜欢丹城,唯一让我喜欢它的理由是这里有你这么个大作家,能和你在同一片蓝天下呼吸,三生有幸。"

这话多多少少有些拍马屁的嫌疑,不过我想,一个十六岁的少年的马屁是可以照单全收的,这并不要紧。我想不通的是,其实我的好多小说都是写给女孩们看的,维丹利为什么会喜欢它们呢?

我在给他的回信中问到这一个问题,他的回答是:"喜欢还要理由的吗?美美阿姨,虽然你小说写得好,但看来你并不是最聪明的哦。"

哎,还这样将我一军?

然后他在信的末尾说:"美美阿姨,我想见见你,可以吗?如果可以,请打我的传呼,我的传呼号非常好记,127-1589854。"

我发现我也有些想见维丹利,于是我打了他的传呼。他在一分钟之内给我回电,很典型的大男孩的闷闷的嗓音,因为激动还有一点不易察觉的颤抖。我告诉了他我家的地址,再告诉他可以来看我的时间。他故作客气地说:"会打扰你写作吗?"

我近乎恶作剧地回答他:"你要是真的担心,就别来?"

他并不笨,大笑起来说:"美美阿姨你坏坏的,你耍我。"

"那你也别假客气。"我说。

"是!"他变得乖乖的。

挂电话的时候我想起一件事,我说:"维丹利你的传呼号码哪里好记来着。"

"美美阿姨你好好看看?"他卖关子。

"看得出来我问你?"我说,"我都看了半天了。"

"哎,1589854,就是'要我发,就发五次'的意思啊。"

我哈哈笑着挂了电话。

看来是个贪心的孩子,发一次不够还要发五次哩,呵呵。

02

维丹利来敲门的时候我刚刚洗完头，湿淋淋地去开门，吓了我好大的一跳。门口立着的是个高高的小伙子，差不多有一米八的样子，球鞋像两条小船，比我想象中的维丹利整整大出一号来。我找出我先生的拖鞋给他穿，他很勉强地套了一下，然后对我说："美美阿姨你要是不介意的话我看我就不用穿鞋了，我的袜子很干净的。"

"如果不嫌我家的地板脏，"我说，"悉听尊便。"

我注意到他把脱下来的鞋很整齐地放回鞋柜里，然后很小心地在我家的沙发上坐下来。沙发整个往下塌了下去，他有些不好意思地看着我。

"维丹利，"我递给他一罐冰可乐说，"原来是个帅小伙。"

"怎么你想象我不够帅吗？"他又将我一军。

"不是，是没想到有这么帅。"

"我也没想到美美阿姨这么年轻。"维丹利看着我说，"我决定要改叫你姐姐。"

"不可。"我正色说，"不能乱了辈分。"

他嘿嘿地笑,然后把头靠到沙发上,舒服地说:"真没想到,有一天我居然可以坐在一个作家的家里。"

"呵呵,作家也是凡人啊。"我说,"一种职业而已。"

"是种神圣的职业!"维丹利激动起来,"我做梦都想当个作家,美美阿姨你看我还行吗?"

"看不出来。"我笑笑地说,"你得让我再看一段时间才好说。"

"其实我想也不行。"他突然又没头脑地垂头丧气起来。

"为什么?"我好奇怪。

"我个子太高。"维丹利振振有词地说,"我还没见过哪个高个子能成作家的。"

"不成理由。"我安慰他,"有个写童话的作家我很喜欢,他叫彭懿,个子可不是一般的高。"

"可我才十六岁,我还要长。"

"这是什么逻辑?才华和个子一点也不沾边。"我懒得再和他理论,示意他喝可乐。

这时有风吹来,挂在窗边上的塑料袋一阵窸窸窣窣的乱响,维丹利突然很滑稽地把两条长腿抬得高高的,脸上带着紧张的表情问我:"天啊,你家不会有老鼠吧?"

一米八的大高个怕老鼠?

我没好气地说:"要有,也就是你这只大老鼠!"

维丹利一边不好意思地拍拍头，一边变戏法似的从口袋里掏出两张纸来对我说："这是我的一篇习作，请你指教一下好不好？"稿件递给我后，他便正襟危坐，虔诚的眼神逼得我不得不马上就看。

03

那是他最近听黄磊的新歌《等等等等》后写下来的一篇东西，全文如下：

在一个星期五的傍晚，我独自一人寂寞地漫步在一条并不繁华的大街上，无聊地嚼着口香糖，若无其事地望着天，与身旁匆忙的下班族们擦肩而过。

不知不觉走进一家熟悉的音像店，老板用一种贪婪的眼光看着我这个消费者，好像心里在说：呵呵，又可赚一笔小钱啦！

这家音像店还算大，CD架上放满了谢霆锋、陈冠希、张柏芝、古天乐这些所谓的新新人类听的CD，站在这里的我虽说也是个新新人类，但是我不爱听他们的歌，爱听老一辈人唱的歌，有收藏价值的歌，而这些歌在这就很难找得到。用我的话来说就是：长江后浪推前浪，前浪死在沙滩上！

好不容易我才在一个几乎能结蜘蛛网的角落里看到一张背景是一片雪地的CD，于是拿起它一看，原来是黄磊的CD啊！再一看，上面写着几个让我怦然心动的小字：一场世纪文学经典,十首文学主题曲的音乐盛典。这莫非就是我最爱的音乐和文学的结合!仅凭这几个字就让我拥有了黄磊的"等等等等"这张CD。

回到家后,爸爸妈妈已经入睡了。我坐在昏暗的台灯下,面对发黄的淡淡的灯光下我掏出了这张CD,插入CD机,按下PLAY键,静静听了起来,再拿出歌词,一面听一面看歌词,看到一些绝妙之处我就用笔抄到了笔记本上,抄到了一些关于爱情的句字时,还不竟有些羞涩呢!

"等等等等"是这张专辑的主打歌,也是我最喜欢的。真佩服许常德的才华啊!他作的词有韵味,有品味,有内含,给人一中发人深思的感觉。

不知不觉已经十二点了,一遍比一遍悲伤,一遍比一遍深沉,就这样我被这首歌给感动了,为痴情的翠翠感动;为翠翠爷爷的慈祥而感动;为这个没有结局的故事而感动,歌词这这样的:

这原是没有时间流过的故事,在那个与世隔绝的村子。

翠翠和他爷爷为人渡船过日,十七年来一向如此有天这女孩碰上城里的男子,两人交换了生命的约誓。

男子离去时依依不舍的凝视,翠翠说等他一辈子!

等过了第一个秋,等过了第二个秋,等到了黄叶滑落等等到哭了，为何爱恋依旧，她等着她的承诺，等着她的回头，等到了雁儿过，等等到最后竟望了有承诺！

一日复一日翠翠纯真的仰望看在爷爷的心里是断肠。

那年头户对门当荒唐的思想，让这女孩等到天荒。

那时光流水潺一去不复返，让这辛酸无声流传！

听完了我看看挂钟，此是已经是深夜十二点了，我突然想起过几天就要月考了，而我的英语书还没背熟呢！还好明天是星期六，还有一些保贵的时间呢！我不能等了，要努力背啊！

黄磊，你原本为爱情而歌，却让我听出时间的珍贵性和时间的流逝之快啊！

老实说维丹利的文采平平，文字有些幼稚。

我看完后就笑了。

04

维丹利很紧张地看着我说:"你笑什么?"

"写得不错啊,"我还是鼓励他,"就是有太多的错别字,比如不竟(禁)有些羞涩,一中(种)发人深思的感觉……"我拿了稿子,一一指给他看。他的头费劲地低下来,强词夺理地说:"我打电脑打的是双拼,快了就没注意,其实这种字我当然不会写错的啦。"

"那么,"我再问他,"文章的结尾是在唱高调呢,还是你自己真正的想法呢?"

"当然是我自己真正的想法!"他抬起头来看我说,"美美阿姨,我是一个勤学苦读的好少年呐。"

"那就好,"我说,"写作一定要写最真实的感觉,我想这个很重要。"

他似懂非懂地点头,然后跟我说谢谢。

走的时候我送他我的书,给他签名的时候想起来问他:"为什么给自己起名叫维丹利呢?"

他诡秘地一笑说:"这三个字代表三个城市。维也纳是我最喜欢和最向往的地方，丹城是我最讨厌的地方，至于利是哪里，保密。"

嘿！

我再问他："真名叫什么呢？"

"李游。"他说。

"木子李，游玩的游？"

"不是。"他正儿八经地纠正我，"是李白的李，陆游的游。"

我有些哭笑不得，问他书上签什么名。他想了想郑重地说："当然是真名，这是正式的场合嘛。"

我一直送他到楼下，他骑的是很漂亮的捷安特跑车，刚挥手跟我说再见，人就一溜烟不见影了。

我总觉得，像维丹利这样高高大大的男孩，喜欢的应该是NBA之类的运动才对，偏偏他喜欢文学，还想当作家。

不过人各有志，有理想就不错。

一个小时后，我收到了维丹利从网上发过来的信，他在信中说：

美美阿姨，自从见过你之后我一直很激动，你真的比我想象中要年轻漂亮好多，而且我没有想到一个作家会这么的平易近人，这更加坚定了我要当一名作家的信心。我在这里有一个不情之请希望你可以答应我,你可以替我写一篇小说吗?如果可以的话,我可以告诉你我的很多的故事。你要是愿意听我的故事就再打我的传呼,我的传呼号你该记得住了吧?不过我还是再说一次放心些:127-1589854。

祝你佳作频出!

我当然没有再打维丹利的传呼,作为一个职业作家,我有很重的写作任务,不一定会有空来替一个孩子实现他的愿望,不过我给他回了一封信,我说:

美美阿姨也很高兴见到你。至于你要我写你的故事,你可以在网上把你的简介和你自己认为精彩的故事一一发给我,等到我觉得可以写了,我会写的,你看好吗?

高个子的怕老鼠的男生维丹利。祝你夏天快乐。早日梦想成真。

维丹利的回信三分钟后就过来了。他说先把简介给我,至于故事嘛再慢慢地讲给我听,他的简介空洞自大地让我哭笑不得。

我呢!是个好人!是个天才!是个文学少年!是个网络

神童!是个音乐小子!哈哈!总之我是个全才!

    我把它放在了一边。
    总的来说,维丹利算是个有趣的孩子。

05

再和维丹利有联系已经是秋天了。

秋风瑟瑟,丹城的绵绵秋雨更是下个不停。在某个下午,我意外接到了维丹利的电话,刚一接通,就听到他闷声闷气中还带着丝丝苦恼的声音:"美美阿姨,我遇到麻烦了。"

"说来听听?"

如我所料,维丹利的苦恼和一个女生有关,他有气无力地说:"我好惨,被一个女生缠上了。"

"应该高兴啊。"我说,"说明你有魅力啊。"

"什么啊,"维丹利说,"那女生长得像河马。"

"嘿!"我说,"不可以貌取人!"

"天地良心!"维丹利说,"我只是实话实说。我的形容一点也不过分!"

"那好吧,"我感兴趣地问道,"说说她怎么缠你?"

"她不是约我去看电影,就是约我陪她去滑冰,被我拒绝了好多次之后,她转换思路,总会拿着一些很弱智的题目来向我求教，这些都不算什么，她竟然把我写的诗贴到了自己的文具盒里！"

"你写诗给她？"

"怎么会！"维丹利大叫起来。

"那她怎么会有你的诗？"

"我不过是想让她提提意见，没想到她把它当作宝贝。"

"哎，"我说，"那能怪谁？"

"你说我该怎么办？"维丹利谦卑地问，视我如救星。

"直接告诉她你不喜欢她不就行了？"

"那不行，女生的自尊都是要了命的，我可不想伤害她。"

"那就试图离她远些？她自己应该会明白的。"

"她像蚂蟥一下吸附着我。"维丹利用了一个我很难接受的比喻，他说，"每天打我五次以上的传呼，我要是不回，她就接着打，我妈妈都察觉出不对劲来了。"

"那是有些头疼。"我说，"帅小伙的事情就是多。"

"你还有心思笑话我？"维丹利不满极了，"对了，你写我的小说写得怎么样了？"

"还没写呢！"我说，"你还没告诉我关于你的足够多的故事，我总不能瞎写吧。"

他好失望："其实不要紧的，我更希望看到你想象中的我，我想知道美美阿姨是怎么想我的呢？"

"那你想我把你写成什么样？"

"没所谓！"他很大方地说，"只要是好人就行，要比你其他小说中的男生更懂事一些，更美好更善良一些。"

"要求这么高还说没所谓？"

"嘿嘿。"他笑着挂电话前，还不忘吩咐我，"快点写哦，我可等着看呢。"

我还没来得及构思他的故事，他的电话又来了，这一次的电话仍然是和一个女生有关，不过是换了主角而已。

"美美阿姨我遇到麻烦了。"一模一样的开场白。

我给自己倒杯茶听他慢慢说。

06

他说:"我喜欢上了一个女孩子。"

"是不是'河马'现在看着不像河马了?"我疑心他被那女生打动,无法再坚守自己的立场。

"才不是。"维丹利说,"这个女孩是我小时候的邻居,我以为我再也见不到她了,没想到她又出现在我的生命中。我终于等到她了。"

"你的《等等等等》就是为她写的?"我恍然大悟。

"天机不可泄露。"维丹利说,"你也不许把这个写进小说里。"

哦?

如此地护着这个女生,看来她对于维丹利来说真的很重要。我开玩笑地说:"我就写!不然小说不精彩呢。"

"一定要情情爱爱的才精彩吗?"他对我表示不屑,"有的时候,你的小说就是肤浅在这个地方。"

说完了怕我不满,他又赶紧加上四个字:"恕我直言。"

"呵,说吧,这女孩好在哪里,让你这样为她欢喜为她忧？"

"不知道。"维丹利说，"小的时候她穿条白裙子，像个小公主一样跟在我后面，不过她长大了比小时候更漂亮，像清嘴含片的女主角哦。"

"难怪。"我说，"你以貌取人的臭毛病不改，活该！"

"天地良心。"维丹利说，"她就是长得像河马我也喜欢她。"

"看来她并不喜欢你？"我说。

"是的。"维丹利说，"儿时的一切，她竟然忘了个一干二净，我那时替她打过多少架啊。谁敢对她使白眼我都豁出去为她拼一架哦！"

"忘恩负义的女孩，"我说，"忘了她也罢！"

"美美阿姨你说得轻巧。"维丹利说，"我上次骗了你，你知道我为什么起这个网名吗？其实她叫丹妮，我的名字的意思就是'为丹妮'的意思。"

"为她做什么？"我问。

"做什么都可以。"他答。

"够傻。"我批评他。

"是有点。"他承认。

我说："维丹利，好吧，等我有空的时候一定替你写一个故事。"

"别写丹妮。"维丹利说,"她要是看到一定会不高兴的。她不喜欢我把我们小时候的事情到处说。"

"好的。"我答应他。

"美美阿姨,"维丹利说,"我要是作家多好,我自己写一个故事送给她,我想她一定会喜欢的。"

维丹利啊,傻傻的高个男生。

我终于开始着手创作以维丹利为主角的故事。

我为他设计了很多有趣的故事,我感觉我小说中的维丹利比生活中的他要更加有趣得多。我想维丹利会喜欢这个人物。奇怪的是维丹利很久都没有跟我再联系,小说快要完工的时候我想到了该让他先看看这篇小说,我想听听他的意见。于是我打了他的传呼,他的传呼号码的确是很好记,我都没有查通讯录。

但是回电话的不是他,是一个女人的声音,问我是不是找李游。

我说:"你是?"

"我是她妈妈。"

我赶紧说:"哦,我是美美。"

"是作家美美吧,"维丹利妈妈说,"我一直想给您打个电话,但一直又有些犹豫,怕打扰了您。"

"维丹利,李游他怎么了?"我的直觉一向灵敏,不祥的预感直直地冲向脑门。

"他在医院里,住院一个多月了。"

果然。

"哦?"我说,"他得了什么病?"

"不是病,"维丹利妈妈说,"他身上被人砍了七刀!有一刀差点致命。"听得出来,维丹利妈妈在强忍着她的悲伤。

"在哪个医院?"我说,"我这就来看他。"

07

我才走到医院的门口就一眼认出了维丹利的妈妈，维丹利和她的妈妈长得很像，特别是眼睛，简直就是一模一样。她很感激地对我说："谢谢你能来。"

"应该的。"我说，"我和你儿子是朋友，我来迟了。"

"李游这孩子……"维丹利妈妈叹口气想说什么，但是没说。

我问："为什么会出事？"

"他是见义勇为。有三个小混混抢劫一个女生。"

"那女生他认识？"

"认识。"维丹利妈妈说，"他们是老朋友。"

不用说，一定是为了那个"清嘴含片"。

维丹利曾经跟我说过，为了她，做什么都可以。

这个连老鼠都怕的男生呵。

我在病房里看到维丹利，他有些苍白，但精神还算不错。见了我，很高兴，贫嘴说："你是在电视里看到我的英雄事迹的吧？我在电视里是不是要更帅一些呢？"

"我不看电视。"我说,"错过了真是可惜。"

"现在可以替我写小说了吧!"维丹利想了想又泄气地说,"不过那样的小说也挺没劲,歌功颂德的。"

"我才不会歌颂你。"我趁他妈妈去替我倒水,悄悄地附在他耳边说,"那是为丹妮啊,要是别人我不相信你有这么勇敢哦。"

维丹利很奇怪地看了我一眼,然后得意地说:"作家就是想象力丰富。不过这次你想错了,我救的可是'河马'!"

我惊讶。

"其实不管是谁,我都会救的。"维丹利愤愤地说,"我不是表扬我自己,他们抢钱就罢了,居然扯人家女孩子的衣服,真是下流到了极点!"

我有些脸红,我很惭愧,我可以看不上一个少年的文学水平,但是我无权低估他的人格。

我替维丹利理理头发,听他告诉我说:"等我出院后,不会再整日想着如何成一个作家了,还要好好锻炼身体,不然白长了这么高的个儿,全面发展才能叫真正的才子!"

我微笑着说:"对。"

"当然,我最终的理想还是当作家。"维丹利又迂回过来,"这是我永远也不会放弃的理想。"

"那就努力吧。"我跟他握手,他的手好大,整个的包住我的。

他嘿嘿笑了。

走出医院我也没有告诉维丹利,其实我写给他的小说就快要写完了,但我不打算写完它,那些我自己编出来的故事苍白极了,要是发表了,可真是对维丹利不负责任的表现。最重要的是,我要把这个机会留给维丹利自己,这个精彩的故事,写作和阅读的过程都可以由他自己来完成,我相信维丹利可以比我做得更好。

我深信不疑。

GROWING UP
ON TIME

按 时 长 大

在故事开始之前

其实我蛮少写初中的女生,我笔下的很多主人公几乎都是高中生。

这是我的第一部中篇小说,写了一个女生初中三年的生活,用了差不多有半年的时间才完稿。在《巨人》杂志发表后,引起了很大的反响,也成了当年"最受读者欢迎"的作品。

在我的小说里,这是一篇文学性很强的小说。写它的时候我刚从鲁迅文学院首届儿童文学作家培训班毕业,立志一定要写点好东西。如今我们那个班许多的同学现在都成了儿童文学界炙手可热的人物,北京那个炎热的夏天就如同我的青春岁月一样,真是令人难忘。

01

我以为我永远不会再歌唱,但是有一天我忽然又想唱了。我站在无人的楼梯的拐角处,嗓子那儿痒痒的,说不出名的旋律一个个排了队拼命地往外挤。然后我就听见了自己的歌声,那歌声由陌生变得熟悉,由惊吓变得温暖。

天慢慢地黑下去,星星游出来,在湛蓝的夜空,像一艘艘扁扁的小船。我乐此不疲地唱啊唱,唱啊唱,一个叫梅子的女孩从我的身边走过,她有黑色的短发和灿灿的笑容,她用温暖的掌心握住我,说:"来,晓萱,我带你去一个好地方。"

很可惜,这只是一个梦。

当妈妈连拖带骂地把我从床上叫起来的时候,我害怕地发现我真的又要迟到了。洗脸刷牙喝牛奶吃鸡蛋找昨天的英语卷体育课要穿的球鞋大扫除要用的抹布还有中午吃饭的饭盒,真不知道一大清早怎么会有这么多乱七八糟的事。我在妈妈挑剔和不满的眼光里走出家门,匆匆地跑了一小截路,突然又不想跑了。迟到就迟到吧,最多操行分再扣它个两分,我不在乎。

可是当我把脚步放下来的时候我的心却扑扑通通地跳了起来，我对自己说那是书包打在背上的声音，再走慢点就好了。但心还是没出息地乱跳，这一切说明，我还不习惯做一个坏学生。

我本来一直是个好学生。可是有一天，我在语文课上唱了一句歌，么了，语文老师绘声绘色地给我们范读课文时，我注视着她薄薄的嘴唇，优雅的一张一合，突然就很想唱歌，于是我就唱了。当全班同学诧异地望着我继而哄堂大笑的时候，我才知道自己犯下了无法挽回的过错。

我清楚地记得语文老师是如何愤怒地将教科书"啪"的一声拍在陈新的桌子上，用怕人的眼睛盯住我说："干什么呢，你！"还有前排的男生苏波，是怎样轻蔑地回过头来，嘴里轻轻地吐出三个字："发癫哦！"我还记得我是如何无地自容地在讲台上做检查："我不该不认真听讲，还无组织无纪律在课堂上唱歌，扰乱课堂秩序……"

我怀着忧伤的回忆走在上学的路上，我很想知道自己是怎么了，是不是真像他们说的"神经病"。

02

路过"红房子"的时候,我停下来歇了一小会儿,"红房子"的门上是一把锈迹斑斑的锁。我知道,累了一晚,那个小小的乐队一定还在沉睡,还有那个叫梅子的女孩,我是多么喜欢她高亢嘹亮的歌声,从重重红色的帷幕里飘出来,骄傲地游在大街上。梅子多好啊,想唱就唱。

学校门口的小巷,一路是卖馄饨的老太婆,大清早就出了摊,薄薄的馄饨皮在满是皱纹的手掌心里跳跃。其中一个冲着我叫道:"丫头,还不快跑,迟到了!"我偏不跑,我昂着头慢慢地走,我就走给她们看,迟到算什么。

课间操的时候,班长毛蔚挤到我跟前来,不满地说:"谢萱,你今天又迟到,校门口有没有记你的名字?你会影响我们班流动红旗的,你知不知道?"

我不作声。毛蔚无可奈何地说:"明天有检查团要来,肖老师让我提醒你别忘了穿校服,你千万要记得。"

"嗯。"我眼光看着别处应了一声。我才不想看毛蔚,老师的臭跟班。

做操的时候，我故意把胳膊和腿伸得很直，这样我觉得快活。在我前面的徐小小穿了一双很新的鞋，红色的鞋面，高高的木底。徐小小逢人就说："这是我爸爸从日本给我带回来的，别看它鞋底厚，走路可轻巧了。"我狠狠地踢起一层灰来，踢到她鞋上才好，看她能漂亮几天。我成了一个恶毒的女孩，我想我一定是喝下了童话里老巫婆的药汤，我无可救药了，所以才会在课堂上唱歌，才会迟到了还一点也不觉得羞耻。

午饭后是一段最寂寞的时光。我细细地洗我的塑料饭盒，把它洗得像新的一样白。凉水冲到我的手上，我的手背也变得白白的，像翻了肚皮的小鱼。同学们在操场边打乒乓球，用刚吃过饭的哑嗓子拼命地叫："快来呀，快来，这儿差一个！"

没有人会叫我。

我走到球台边，恶作剧地说："我也来一个。"

其实我很会打乒乓球，我在小学时曾拿过全校的冠军。我把我的第一个球准确无误地抽到了毛蔚的鼻子上，然后我就扔下球拍拿着饭盒扬长而去了。远远的，我回过头，看到毛蔚在操场上慢慢慢慢地蹲下去，一字排开的乒乓球桌像几片没有感情的规规矩矩的落叶。

我的手心很爱出汗，肖老师给妈妈的纸条在手里捏久了，就成了一团小小软软的棉花。我知道纸条上写着什么："请家长带谢萱到医院做必要的检查。"肖老师真傻,我是不会把纸条给我妈妈的。我没有病,真的,我一直一直都想做一个好女孩。

从办公室里出来,肖老师一直把我送到大马路上。肖老师的脾气出了名的不好,但是她今天一直脾气很好地拉着我的手。她说:"回去把条子给妈妈,叫妈妈抽空来学校里一趟。"

我乖乖地说:"好。"

肖老师说:"走路小心,当心车子。"她的口气像是和一个幼儿园的孩子在说话,我就有些想哭。我低下头看见了她的袜子,有一个红色的大斑点,像是批作业时红墨水不小心掉下去染上的。怎么就会掉到袜子上的,真是奇怪。

03

其实，刚刚进初中的时候我很喜欢肖老师，她没有我想象中的班主任那么老，笑起来也很好看，嘴角弯弯的，像月牙儿，而且肖老师能管住我们班男生。我们班男生很皮，上课时敢用棍子去挑历史老师的假发，但见了肖老师就大气都不敢吭一下。

只有我，敢在她的课上唱歌。

所以我一定是有毛病。

老远我就听到了"红房子"传来的歌声。

我加快了步子，很快就发现那歌声不是梅子的，梅子不会有这么矫揉造作的歌声。

梅子的歌声让人激动。她只要往麦克风前一站，下面就会响起一阵哄声："梅子，来一个！来一个，梅子！"舞厅要晚上八点才正式开门，此时，是他们排练的时间。我可以掀开红色的帷幕偷偷往里望，寻找那个有着一头短发、眼睛大大的女孩子。

有时和我站在一起的是一两个居委会的老太婆，她们探头探脑地往里望的时候就会有人哄笑着说:"晚上买了票再来,回家给老伴做好工作,别闹家庭矛盾。"把老太婆气得一脸通红地走开。而我,他们却多半不会赶的,只要我愿意,可以在那里一直看到舞会开场。

我很快就找到了梅子。她穿了一身黑衣,坐在亮闪闪的爵士鼓前,双腕一动,音乐就像喷涌而出的山泉,在她的身体周围飞溅。贝斯手把麦克风轻轻一斜,我们就听见了梅子无与伦比的歌声:

我是一只小小小小鸟,
想要飞呀飞却也飞不高
……
我飞上了青天才发现自己从此无依无靠
……

我想我是能听懂梅子的歌声的。我的身体有些微微颤抖,在远离歌声又靠近歌声的日子里,十三岁的我依赖着一个素不相识的叫梅子的女孩。

只有她让我深信青春正悄悄地来,尽管伴着阵痛,却依旧那么美好和抒情。

回到家已经是晚上七点多了。爸爸在沙发上看报,头也不抬地说:"怎么这么晚?"

"补课。"我面不改色心不跳地撒谎。

"吃饭吧。"爸爸说,"你妈妈有事出去了,我马上也出去,你一个人在家不许看电视。"

爸爸说完就出去了,出门的时候说:"把门锁好,不是我们敲不要乱开。"

04

以前我一个人在家的时候,总是很害怕。门上三重保险,每个房间的灯都打开,门后还放一张椅子,但现在我一点也不害怕了。我吃完饭一边洗碗就一边想,谁要是乱来我就用菜刀劈下他的头。我喝了老巫婆的药汤,我谁也不怕。但这样一想,我又有些怕自己了,怕我真的变得连自己也不认识自己。

我用老师写给妈妈的纸条来擦了桌子。蓝色的墨汁很快就从反面渗了出来。我再把它细细地撕碎,扔进抽水马桶里,抽水马桶打个旋儿,一切都干干净净没有痕迹。

我有足够的把握对付肖老师。我会说:"我妈妈带我去医院检查过了,医生说我营养不良。"我还会说:"我妈妈说一有空就到学校来拜访你。"

梅子朝我走过来的时候,我紧张得有点不能呼吸。我看到自己的鼻翼,僵得像一座小山。梅子你的眼睛真好看,亮亮的,是贮满了音乐的眼睛啊。你今年多大,十八,十九,还是二十?我像你这么大的时候,是不是也可以像你一样肆无忌惮地歌唱呢。

"终究要展翅昂首，往天涯的尽头单飞。"多好的歌。

肖老师叫我们写作文：我的偶像。

大家都高兴极了。这是多么新鲜的作文题目，谁都有一肚子的话可以写。我知道陈新会写刘德华，她张口闭口都是刘德华。其实刘德华都快四十岁了，有什么好崇拜的。还有苏波，她一定会写邓亚萍，邓亚萍球打得不错，苏波一直都十分喜欢她。至于毛蔚，不用猜也知道她会写肖老师，要不怎么够格叫"马屁精"呢。

我跟他们不一样，我的作文是这样写的：

每个人都会有自己的偶像，我也不例外。我的偶像不是明星，不是老师，更不是我的爸爸妈妈，她是一个我说认识也认识说不认识也不认识的人，我只知道她的名字叫梅子。

梅子是个女孩，她是"红房子"舞厅里的一名歌手。

每次放学回家，路过"红房子"，我都会听到她的歌声。我从来没有听过那么美的歌声，它时而美得像西天的晚霞，时而美得像夜空的明月。总让我陶醉，让我相信活着是一件很美好的事，让我忘记什么是孤独。

……

我希望我长大后能和梅子一样，我希望有机会亲口告诉她："你是我的偶像。"但是我的作文只拿了一个及格的分数。老师写在后面的评语是："写作文要有真情实感，注意比喻得当。"老师说这次写得最好的是郑凡，郑凡写的是他的爸爸，写他爸爸深夜在灯下写论文，冒雨送楼下的老奶奶去医院……有实例，有真情实感，写出了爸爸为什么是他的偶像，不像有的同学写得空泛不真实。我觉得郑凡写的才叫不真实，他爸爸灯下赶论文，没准是为了升官发财，而且现在谁还会冒雨送人去医院，谁不知道该打伞或是打的？

只有老师才那么傻。

既然没有人欣赏我的作文，我做出了一个大胆的决定，我决定把它送去给梅子。

05

这个决定让我整整一个下午坐立不安。我想象着把作文递给梅子时的情景,她一定很吃惊,而我是一个彻头彻尾的小傻瓜。但我推翻不了我自己的决定。我在上政治课的时候用涂改液把老师的评语涂掉了,我怕梅子看了后会受影响,认为我写这篇文章不是出于真情实感。我还设想了无数和梅子见面时该说的话:"你教我唱歌好吗?你做我姐姐好吗?文章写得不好但是是我的真心话。我也是一只小小鸟我怎么也飞不高……"

事与愿违。

实际上,当我把作文本急匆匆地塞到梅子手里之后,我就惊慌失措地跑掉了。我感觉到梅子的手和我的手轻轻地触了一下,她的手很软,触得我心里慌慌的。我还看到那个长头发的弹吉他的青年冲我诡秘的一笑。我就不知道该说什么好了,我逃一般地来到大街上,白花花的阳光铺天盖地而来,真不知道黄昏怎么还会有这么白花花的阳光。真不知道梅子是不是又在纵情地唱,而我的作文本正孤零零地躺在闪烁不定的彩灯下。

我真的是一个彻头彻尾的小傻瓜，自从我在课堂上发出那怪异的歌声以后。

没想到的是，第二天一清早，我却走进了童话中。

梅子穿了一件红色的上衣，拿着我的作文本，站在"红房子"的门口，等我。

那是我第一次清清楚楚地看到梅子，我甚至怀疑不是她。

梅子把作文本塞到我手里，笑嘻嘻地说："写得真好，我很高兴，可是你为什么转身就跑呢，我又不吃人。"

我不知道该说什么，只好傻傻地笑。

"作文本今天要用的吧，所以我一大早来送给你，老师最讨厌的就是不带作文本的同学，对不对？"梅子一面说一面对我眨着眼睛。

"我有很多作文本。"我有些结巴地说，"这个，这个送给你，作个纪念。"

"好！"梅子爽快地把它放起来说，"快去上课吧，老师也不喜欢迟到的学生，对不对？晚上放学来找我，我唱首好听的歌给你听。"

我拼命地掐着自己的手往学校里跑去。真的，真的，真的是真的！我只用五分钟就跑到了学校，我在早读课上很大声很认真地读英语。我才不管别人会怎么看我呢，只有这样才能表达我内心的快活。

梅子真的为我唱歌了。那是我第一次正正式式地坐在"红房子"里。梅子说:"这首歌送给一个喜欢我的孤独的小女孩,她要更快乐一点,在年轻的岁月里,快乐是多么的重要。"

说完,梅子就唱:

旅行是童年的梦想长了透明的翅膀

一站一站飞翔在人间天堂

心情好不好实在很重要

因为终究要长大终究要离开

要展翅昂首

向天涯的尽头高飞

……

苏波,我没想到你会哭。平时,你是一个多么漫不经心大大咧咧口不择言的男生,可你哭起来却像一只可怜的小老鼠。对不起,是我伤害了你。但是,你知道吗?是你先伤害了我我才这么做的。梅子说成长就是互相的伤害。可是我真的希望,一切都没有发生过,希望我们都是相亲相爱的好同学。

06

为了评上全国卫生城市，市政府要求全民行动起来。学校自然是不甘落后，那几天我们做清洁做得腰都疼。校园里真是干静极了，连一只小麻雀都没有飞来。星期天的时候我们又分成一个个的小组，戴着红袖章去各个街区打扫死角或值勤。谁丢废纸了，上去敬个礼，对不起，请捡起来；谁吐痰了，也上去敬个礼，对不起，请擦掉。星期天不用窝在家里做功课，倒也是一件令人开心的事。我们小组早早地就来到了我们负责的街区。

小组长是郑凡。他手一挥说："苏波，你和谢萱一组，去把那座楼房边的死角清掉。"

苏波是我们班上最皮的男生，长得又瘦又黑，因此得了两个雅号：苏黑皮和苏猴子。苏波最不喜欢的就是别人叫他的雅号，一叫他就急，会冲上去扭住你就打，眼睛都发红，怪吓人的。像这样的人，我才不想跟他一组呢。

哪知苏波屁股一扭，夸张地叫："小组长，你行行好，我不要和谢萱一组，她疯起来，会用扫帚打人的哦！"

小组里的人被他说得乱笑起来。

只有小组长郑凡替我讲话:"苏波,不许取笑女同学。你别忘了,谁不服从命令,回学校就要做一星期的清洁。"其实郑凡一边说一边也在笑,笑容像漏勺里的水慢慢地在她的脸上溢开来。

迫于权势,苏波只好跟我一组。实际上他什么活也没干,远远地看着我用小棍把阴沟里腐烂的落叶和废纸等挑进塑料袋里,嘴里好像还悠闲地嚼着口香糖。我装作若无其事地卖力干着,心里却狠狠地想:"你等着,苏波,我让你好看!"

事实上,一个周密的计划已经在我脑子里形成。

星期天的校园空荡荡的。我穿过空无一人的大操场,径直来到我们的教室门口。"初一(2)班",我盯着那红色的牌子看了好一会儿,觉得有些陌生。我从来没有想过进入初中会是这个样子,以前拼命地想长大是多么多么的可笑。

教室门是锁着的,我推了一下,推不开。不过我知道,靠左边的第二个窗户是坏的,几乎不费吹灰之力我就已经站在了教室里的讲台上。

我从讲桌里掏出一大堆彩色的粉笔头来,然后我就开始满教室地写苏波的外号。黑板上写几个大的,接下来是墙上,然后是每个同学的桌子上,还没忘了写在地上。这一切干得很顺手,我把字写得夸张又怪异,我相信鬼也看不出来它们究竟出自何人之手。满教室里很快就全是五颜六色的"苏黑皮"和"苏猴子",像一面面示威的小旗帜。

走出校园的时候,我有些快乐,也有些害怕,还有些忧伤,但很快这些都没有了。我一路上想着梅子的歌声,我想听梅子唱歌,唱那首《往天涯的尽头单飞》。我迟早是要往天涯的尽头高高单飞的,我和周围的这些人不一样,他们算什么,他们怎么能跟我比呢!

妈妈,我真的不愿意看到你失态的样子。头发乱蓬蓬的,满校园追着我打,一点风度也没有。我多么怀念你温温柔柔的笑,怀念你把我搂在怀里,用下巴颏抵住我的头说:"晓萱萱,你真是妈妈的骄傲。"

其实我最亲爱的妈妈,你的女儿无论醒时梦里,都愿意成为你永远的骄傲啊。

我从来没有过这么无聊的暑假。用妈妈的话来说,这都是我自找的。

07

我被整日整夜关在家里，哪儿也不许去。唯一出去一次，都是和爸爸妈妈在一起，而且，是去看医生。

我和医生被关在一个小房间里，医生看了看我的牙，又看了看我的舌苔，我直想笑。我看过电影《追捕》，我觉得我是高仓健，而医生就是那个蠢渡边。

医生问我："你都做过些什么坏事呀？"

我说："我什么坏事都没做过。"

他很宽容地说："好吧，我们不叫它们坏事。那你说说，你为什么要在课堂上唱歌，要用乒乓球打同学的鼻子，要把同学的外号写得满教室都是？"

原来他什么都知道，我真恨大人。

我装作蠢蠢地吸吸鼻子说："我乐意。"

我看到医生的脸上闪过一阵明显的不快，他没有办法对付我，当然不快。于是我又说："你不要骗我爸爸妈妈开营养品，我告诉你，我健康得很。"

医生这下是真的笑了。他把我领到外面，把我交到一脸焦虑的爸爸妈妈手里。他说:"你这孩子很聪明,她一点毛病也没有,只是你们大人一定要多多关心她。"

医生很责备地看着爸爸妈妈,看得爸爸妈妈很不好意思,所以他们一回到家就开始吵架。

妈妈说:"都是你成天炒股炒邮,小孩大了你也不管,有你这样当家长的嘛。你倒是说说,你赚了几个子儿,赚多少你赔多少,原地打转转!还把小孩弄成这样。"妈妈一边说一边用抹布把桌子拍得"啪啪啪"响,生怕气势不够,压不倒爸爸。

爸爸倒是慢条斯理:"小孩怎样了,小孩又没怎样,医生不是说了,没事!再说了,你这当妈的一点责任也没有?你真想萱萱好,你就不要成天去打牌!"

他们倒真是说到做到。爸爸不去炒这炒那了,妈妈也不去打牌了,没事就守着我,对我嘘寒问暖,晚上还陪着我看电视。我知道爸爸想看足球,妈妈想看电视剧,可他们却把电视定在少儿台上看《小熊波比》,还装模作样地笑,我不忍心让他们伤心,于是我也装模作样地笑。

其实我已经长大了,就快初二了,早不是那个喜欢看动画片的小萱萱了,我想去听梅子唱歌,想得要命。

终于逮着一个机会。爸爸妈妈要到外婆家去。外婆家很远,要倒两次车。我不想去。我拿着一大摞作业本说:"我要到许扬家去,我被弄糊涂了,不知道该做哪些作业才好。"

许扬是我们班的学习委员,每次家长会铁定受表扬的人物。她家离我家并不远,我和她打交道妈妈是很乐意的。何况她正在收拾给外婆带的东西,正收拾得灰头土脸满身是汗,也顾不上考虑那么多,手一挥说:"快去快回,别忘了带钥匙,我和你爸爸回来得晚。"

我三步并做两步地跑下楼。我终于明白了"脱缰的野马"这个词。我就是脱缰的野马,还有一对不为人知的充满诡计的小翅膀。太阳还没有下山,街上的一切都被烤得无精打采,我在人们惊讶的目光里飞奔。不知道梅子是不是还认得我,这个夏天我长高了,因为不出门,还变白了。我想梅子一定没怎么变,我闭上眼睛都能想到她的模样。

08

梅子真的没变。她站在台上轻轻地唱歌。这是属于夏天的歌声，轻得像微风，甜得如山泉。在她旁边是长头发的吉他手，他轻轻地搂着梅子的肩，和她在麦克风前慢慢地摇着，一唱一和：

不再流浪了
我不愿做空间的歌者
宁愿是时间的诗人
然而我又是宇宙的游子
地球你不需留我
这土地我一方来
将八方离去
……

我不太能听懂歌里的意思。但是我觉得像梅子那样挺美好，唱特别特别的歌，有人搂着她的肩膀轻轻地摇，一定很舒服。我又在胡思乱想了，有些肮脏。梅子下台来拧我的鼻子一下说："很久不来了，暑假过得好吗？"

我想说不好，但我还是说了好。梅子请我喝冰水，我变得很矜持，说什么也不要。她无可奈何地看着我说："小女孩，说长大就长大。一长大，就变奇怪了。"

我呵呵地笑着说："那你奇怪吗？"

"奇怪。"梅子说，"八条腿五只脚，你说奇怪不奇怪？"

我和她笑作一团。

那个黄昏我忽然又想长大了。长大让我有和梅子平起平坐的感觉。我又开始想做一个好女孩，我盼着开学，像盼着过年。

我从镜子里看着自己，看得很认真很仔细。这是一个下着大雨的星期天的夜晚，我在镜子前优雅地起舞，我从来不知道我会跳这么美的舞蹈，柔软的手柔软的腿，还有微微挺起的胸脯。我换了无数套衣服，我自己的，我妈妈的，甚至我爸爸的。我筋疲力尽地欣赏着自己。月亮已沉下去了，只剩下淅沥的雨丝，和我一起，等待黎明。

我没想到我会有好朋友，更没想到的是和徐小小成为好朋友。徐小小是个娇娇弱弱的漂亮小姑娘，胳膊细得像没有长好的黄草，可怜巴巴地从袖管里伸出来。

初二的时候，徐小小搬了家，一搬就搬到了我家附近，一溜小跑三分钟准到，所以我上学放学的路上都会碰到她。徐小小说起话来是要了命的嗲声嗲气，她说："谢萱，你走路怎么那么快，我有时才看见你，你一眨眼就不见了。"

"是吗？"我说，"是你自己走得太慢。"

徐小小好脾气地说："谢萱，以后我们一道走好不好，这样我们可以互相考英语单词，就不用怕听写了。"

"有什么好怕的。"我说，"能多写就多写几个，不能多写就少写几个。"

"难道你不想成绩好？"徐小小不甘心地问我。

"怎么不想，"我说，"谁说我不想。"

徐小小那天又穿了一件新衣服。鬼知道她怎么会有那么多的新衣服。其实不管什么样的衣服穿在她的身上都不会好看，荡过来荡过去让人眼花缭乱。我想我起初不怎么喜欢她多半是有些嫉妒她，因为我和她肩并肩走在一起的时候总觉得自己活脱脱是一只丑小鸭。

是一件小事让我对徐小小刮目相看并视为知己。

09

国庆节，我们全班组织去一家新开张的娱乐城滑旱冰。娱乐城是我们班周大安他爸爸承包的，周大安是我们班挺老实的一个男生，平时也不怎么受重视。但是那个下午他很风光，站在服务台前安排和招呼每个同学换鞋，还不忘叮嘱一句："鞋带要系牢了，滑慢一点，小心摔跤！"俨然一副班长样，让人觉得以前那个在课堂上回答一个小问题都会脸红结巴的周大安从来就没有存在过。

滑旱冰出色的多半是男生，他们一进场就像失控的陀螺到处瞎转，还跟着音乐大声哼哼，生怕别人注意不到他们的出色表演。女生们则大都紧紧地抓住场边的扶杆不放，好像正在进行一场尖叫比赛。虽然我也不大会，但我才不想像她们一样没有出息，我沿着边场慢慢地滑了起来，滑着滑着，我就看见了徐小小，她穿了一套很时髦的学生装，短发上别着一个精致的发夹，可怜巴巴地望着我。

"谢萱，"徐小小向我伸出手来说，"带带我，好吗？"

徐小小的手指又细又长，优美而充满信任地伸在我面前，我有些犹豫地握住了它。

接下来的事可想而知。自身难保的我牵着弱质的徐小小在场中打了好几个莫名其妙的旋以后,"轰"一声一起跌倒了。这一下跌得不轻,我好容易回过味来,发现自己有半个身子压在徐小小的身上。她美丽的发夹松了,头发乱蓬蓬地遮住了半张脸,嘴角却好像在笑。我赶紧爬起来,慌乱中忘了脚下的冰鞋,又一个趔趄跌在徐小小的身上。肖老师在场边急急地叫着:"罗峰,周大安,你们男生快去扶一下。"

男生们有些不好意思,手上的劲软软的,好半天才把我们从地上拉起来。徐小小死死地攥住周大安不肯放,嘴里嚷着:"得把我扶到边上去,得把我扶到边上去!"把周大安的脸弄得通红。

正在这时,苏波从旁边慢慢地滑过来,打了个呼哨,冲着徐小小挤眉弄眼地说了一句:"找女疯子做教练,活该!"说完示威地看了我一眼,就直往前溜走了。

好个徐小小,只见她一把推开周大安,左歪右扭地朝着苏波追打过去,嘴里尖叫着:"死人苏波,你不可以乱讲,你赶快回来跟谢萱道歉,否则我饶不了你……"

苏波没想到徐小小会来这一招,一吓,本能地往前逃,场子里乱作一团。徐小小继续在后面歪歪扭扭地追,手举起来作打人状:"你必须道歉,你必须道歉!"并以惊人的速

183

度抓住了苏波的后衣领。顷刻间,两人像被大力士扔出的铁饼,咚一声倒在了场子的正中央。

那晚我和徐小小手挽手归家。我好像从来没有和人这么亲热过,奇怪的是我一点也不觉得别扭。西天的晚霞覆在天空,像一片薄而巨大的枫叶,徐小小说:"谢萱,你是我们班上最聪明最胆大的女孩,我一直想像你那样,真的。"

"哪里,"我由衷地说,"你比我勇敢一百倍。"

"那是为了友谊,"徐小小把声音低下来,有点抒情地说,"为了友谊做什么都行。"

徐小小的确是一个很懂得经营友谊的女孩,那种有滋有味的情谊在她纤细的双手下变幻出无穷无尽的色彩。我们彼此叫着亲密的外号,一起上学放学,一起做功课,一起打乒乓球,甚至吃一个饭盒里的饭,好得像一个人。我想这种心心相惜的感觉一定是我们班上所有女孩向往的,她们也开始成群结伴,交流一些看似神秘的眼神,却总没有我和徐小小之间来得默契和维持得长久。正因为这样,我和徐小小开始成为女生中非常独特的人物。我由衷感谢小小,是她让大伙忘掉过去的我,并让我拥有脱胎换骨的喜悦。

可我最不喜欢去徐小小的家,进门要换拖鞋,进她的小房间还要再换一次拖鞋。徐小小的妈妈年轻得像她姐姐,说话也和她一样嗲声嗲气,在家里穿着电视上的女人才穿的看上去很华丽的睡衣，让我缩手缩脚的不自在。可我又有点希望自己家能像她家一样漂亮，我的妈妈像她妈妈一样年轻。和徐小小在一起久了，说不上来的自卑就常常偷袭我。

10

初二秋冬之交的时候，我们班来了一位实习老师，老师很年轻，短发大眼睛，有些像梅子，只是不知道会不会唱歌。她在黑板上写下她的名字"仇丽"，然后告诉我们她的姓念"求"而不念仇人的仇，她说千万别把我当你们的仇人而是有困难就来"求"我。

这个开场白很新颖，大家稀里哗啦鼓掌。新老师教语文，还当实习班主任。她给我们班带来很多新鲜的东西，比如早读课的时候分角色朗读课文，比如课外活动的时候分小组进行乒乓球赛，比如给家境困难的刘小兵家送温暖，再比如进行"课外书要不要读"的辩论会。这些活动让我们恍然觉悟实际上初二是很美好的一个学年，特别是正在筹划中的"走进青春"生日烛光晚会更是激动人心。大家都对仇老师好，好得肖老师都有些嫉妒了，于是就担心这一活动会因为肖老师的阻拦而泡汤。灵通人士胖子张园原安慰我们说没事，有了仇老师，肖老师不用备课不用改作业，心情好着呢。

徐小小骂张园原说："呸，没良心。你那么差的语文成绩是谁替你补起来的，喜新厌旧。"把张园原搞了个大红脸，只好装腔作势地扬扬拳头："雨后春笋，你给我小心点！"

"雨后春笋"是男生们给徐小小起的外号。这个外号很传神，因为同她朝夕相处的我都觉得她是一夜之间长高的，不知不觉中从我们班的女生群里脱颖而出，连被称为班花的金铃也开始向她投去羡慕和嫉妒的目光。虽然我和她之间依然亲如姐妹，但我却总觉得有什么不祥的事要发生。

那个秋天，徐小小总是穿着裙子，露出健美而颀长的腿，开始收到男生给她的情书。徐小小对我毫无隐瞒，我从那些男生或隐秘或肆无忌惮的语言里初次领略爱情面目，有些惴惴不安，胆战心惊，徐小小也是，握着我的手慌乱地说："怎么办才好，怎么办才好？"

我做了一个苍白的建议："也许你该穿点土气的衣服。"

"那怎么行，"徐小小惊呼，"那是我唯一的乐趣。"

可能是因为漂亮，徐小小很快就被校学生会文艺部相中，去做了一名干事。这个干事实际上根本就无事可干，却无形中提高了徐小小在班里的地位。这不，举办"走进青春"烛光晚会之前，仇老师还特地来找她商量。仇老师说："你是学校里的文艺骨干，和文娱委员一起把这个活动好好策划策划,争取把这个活动搞成功!"

文娱委员是班花金铃。当徐小小一腔热情地去找她商量的时候,她只说了一句话,她说:"学校的文艺活动你可以管,班上的文艺活动没你的份儿。"

"欺人太甚!"徐小小铁青着脸对我说。

"怕什么?"我鼓励她,"你有仇老师的军令状,想几个好点子出来,压压她的威风!"

徐小小有志气,好几天课也听不进去,一门心思绞尽脑汁地出主意,可是都被我一一否定了。

比如她说:"把男生女生配成对,举行交谊舞大赛,评出最佳拍档。"

"那不行,"我说,"肖老师会气疯的。"

"把男生女生彻底分开,划清界限,对歌。"

"初一都搞过两次了,没劲。"

"排几个小品?"

"本子呢?"我说,"再说谁肯演,我就不肯。"

"见死不救。"徐小小很不开心。不过更不开心的事还在后面,金铃已经在班上找了七个女生,在排练一个叫《草裙舞》的舞蹈,还在歌舞团借来了衣服请来了指导老师。我偷偷地看过她们的排练,很美,很舒服。伸手、弯腰、旋转,平日在班里并不起眼的女孩因舞蹈而出色无比,说实话，我都很想自己能是其中的一员，可我不敢说。徐小小已经够可怜的了，偏偏仇老师见她一次还问她一次："有了好点子没有？"

11

让徐小小绝处逢生的是她爸爸从国外带回来的一本少儿读物，上面有童话《白雪公主》的英语版，很浅显，还配了优美的插图。徐小小在晚上十一点的时候把电话打到我家，激动无比地说："金铃栽了！我要排一出英语童话剧《白雪公主》，我演白雪公主，你来演巫婆，找班上最调皮的八个男生演王子和七个小矮人。"

我当徐小小是痴人说梦，要说服八个男生，岂不比登山还难！所以压根没放在心上。但徐小小却成功了，除了知道李志华这个没出息的男生是被两张外国邮票收买的以外，其余七个男生是怎样上当的我就不得而知了。另外，她居然还请动了仇老师来扮演狠心的皇后，接下来的事，自然是力劝我做巫婆。

徐小小动之以情晓之以理，罗列了一大通"为了友情两肋插刀"的例子，我只好傻兮兮穿上了徐小小妈妈用一件黑色的旧裙子改制的"巫婆服"。天天在家用英语背台词，背得不知情的爸爸妈妈笑逐颜开。

那晚，我们的演出取得了巨大的成功，用"巨大"这个词来形容我觉得一点也不过分。特别是八个男生惟妙惟肖的表演差点让全班同学笑破了肚子，大大淹没了《草裙舞》的光彩。在这之前，连我们自己都不相信，我们能把英语说得这么好。徐小小对我的评价是："世界上最出色的巫婆。"让我飘飘欲仙地沮丧了好几天。后来，这个节目还代表我们年级参加了校艺术节的演出并获了奖。当然，这是后话。

梅子总是笑我不开窍，不像徐小小。其实我才不要像徐小小，开窍后就变得那么神经兮兮，不可理喻。可是我又有些害怕，怕这样下去，我会变得越来越胆小越来越没有出息。

梅子又说我是个好女孩，好女孩按时起床按时睡觉按时上学按时做作业，还应该按时长大。

梅子说完这话就开始抽烟，淡蓝色的烟雾诉说梅子心中的不快乐。我就忧伤地想象梅子这样的人也会有不快乐，真不知道长大有什么意思。

徐小小自从成功地导演了英语童话剧《白雪公主》之后，在男生中有了很高的威信。有的男生连老师的话都不听，却偏偏听徐小小的。班花金铃和徐小小也就此成了彼此看不顺眼的死对头。金铃会笼络人心，周围有一大帮女生护着她。见徐小小和男生熟，就一起叫她"交际花"；见我和徐小小好，就一起叫我"巫婆"。

矛盾升级是在一个中午。

12

那个中午有着很好的阳光，校广播站很破天荒地放起了流行歌曲，还是范晓萱的《健康歌》。金铃她们听着听着就开始一起唱，只是把歌词改了：

左三圈，右三圈

脖子扭扭屁股扭扭

早睡早起咱们来做运动

抖抖手啊抖抖脚啊

我是大巫婆

巫婆啊巫婆大呀大巫婆

……

她们一边唱一边笑得浑身乱颤，还拿眼睛偷偷地往我这边瞄过来。我气得满脸通红。要是在初一，我一定会跑过去扭住她们就打，但我现在却不敢，我好不容易才在别人的眼里正常起来，怕有人再叫我疯子，只好忍气吞声，装作没听见的样子继续做我的作业。

正在后排看男生下棋的徐小小跑过来，凑到我耳朵边得意地说："别怕她们，看我的好戏！"说完，她站起身来，双手做指挥状，后排的男生就哇哇地唱起《铃儿响叮当》来，只是歌词全换了：

金铃铃金铃铃金呀金铃铃，
神经病神经病神呀神经病！
金铃铃金铃铃金呀金铃铃，
神经病神经病神呀神经病！
……

男生们大都在变声，声音粗嘎而又古怪，还拍桌子踢板凳的，那边女生的气焰一下子就下去了不少。金铃被唱得眼泪汪汪起来，怕丢脸，在一帮女生的簇拥下出了教室。

虽说这一仗我们全盘胜出，可是我一点也不高兴。徐小小的兴高采烈让我烦心透了。我也不知道自己是怎么了，好像对自己很不满意，好像憋得慌，又好像丢了些什么。下午第三节课是课外活动，我谎称肚子疼，跟老师请了假，跑去了"红房子"，舞厅的下午场还没有结束。看门的小姑娘知道我找梅子，也就没拦我。舞厅里人不多，梅子依旧是一袭黑衣，唱着一首民歌：

在那金色的沙滩下
洒着银色的月光
寻找往事踪影
往事踪影迷茫
……

我陶醉。

只有梅子，让我安定而快乐。

只是她见了我，有些不悦，把我拉到更衣室，说："这个时候，你该在学校上课。"

我说："想你，想听你唱唱歌。"

梅子揉揉我的头发，怜爱地说："愁眉苦脸的样子，像个老太婆。"

"我觉得自己不讨人喜欢。"我说，"但我并不想徐小小替我出头，好像自己软弱无能。"

梅子没来得及问我什么事，她只是笑着抱抱我说："走，我们唱歌去，你也唱上一首，心情肯定好起来。"

我不肯唱。从我在课堂上唱歌以后，我就再也没有开口唱过歌。可是回家的路上我的心情的确好许多，走到家门口发现徐小小在等我,迎上来问我:"阿萱,你不是肚子疼吗?去哪里了?"

"遇到梅子,"我说,"聊了一会儿。"

徐小小探询地看着我,半天才说:"你心情不好,所以去找她诉苦,对不对?阿萱你说实话,你心里,究竟是梅子重要还是我重要?"

"小小,"我不解地说,"干吗呢?"

"我知道你后悔,"徐小小说,"你后悔为了我而演巫婆。要是为了梅子呢,为了梅子受委屈你会怎么想?"

"小小。"我欲辩无言。

徐小小看看我,眼里竟有些泪,没等我说话,转身跑掉了。跑了一会儿,她开始走,背影像只骄傲的蝴蝶。

仇老师曾经给我们介绍过一篇散文,那位作家说:燕子去了,有再来的时候;杨柳枯了,有再青的时候;桃花谢了,有再开的时候……

可是徐小小啊徐小小,我想知道的是,如果友谊失去了,还会不会慢慢回到我们身边?

13

五月里,我们迎来了一年一度的校园文化艺术节。

年级推荐我们班的英语童话剧《白雪公主》去参加开幕式上的会演。

徐小小是第一个知道这个消息的,她很兴奋。兴奋完了的徐小小郑重其事地对我说:"阿萱,你要是不愿意演巫婆,我不会勉强你。反正这是在全校露脸的事,也不愁找不到乐意的人。"

不知从哪一天起,徐小小和我说话总有那么一点阴阳怪气,我不愿和她计较,不温不火地说:"你是导演,你决定好了。"

没过几天,金铃的死党叶欢就在课间对我说:"谢萱,谢萱,徐小小正在肖老师办公室里,你猜她说什么?她说要让两个男生来反串太后和巫婆的角色。仇老师走了,找人替代是正常的,换掉你就没什么道理。"

"是我自己不愿意。"我说,"不要挑拨离间。"

"嗨!"叶欢凑到我耳边神秘地说,"金铃亲耳听见,徐小小在肖老师面前说你演戏放不开，英语发音长短音都分不清，你还对她那么死心塌地。"

我将信将疑。

放学的时候徐小小却果真对我说："阿萱，肖老师说了，为了增加喜剧效果，要让两个男生来反串巫婆和太后。我推荐了苏猴子演巫婆，让他以后再多一个外号。"

"苏波肯吗？"我问。

"我自有办法。"徐小小很有把握地说。

在学校演出自然不同于在班上，服装、道具都要考虑周全。徐小小神通广大，居然借来了假发套。每天下午放学，大家都走了之后，是他们排练的时间。我想先回家，徐小小却央求我陪她，还美其名曰"副导"。我这个"副导"只好坐在前排，背对着他们做家庭作业，听苏波用油腔滑调的英语说着那些我曾经耳熟能详的句子，心里滚过一阵阵酸酸的恨和说不出的遗憾。

正式演出是在一个星期六的下午。舞台设在学校大操场的正上方，初一（2）班的教室被征用为临时的后台和化妆室。"白雪公主"徐小小把一大摊服装和道具往我面前一扔，让我分发给粗心的男生们。

"我的妆化好了，不好动来动去。"徐小小真的是美极了，她娇媚地对我说，"只好麻烦你再做剧务了，我的好阿萱。"

当我把苏波的"巫婆服"和黑色的长发套递给他的时候，他盯着我奇怪地问："做什么？"

"换衣服啊，马上就要上台了，还化妆呢。"我说。

苏波对着我做出一副"你吓死我"的表情。演太后的张园原倒是大方许多，他接过衣服说："我把我妈的化妆品带来了，放心，苏波的妆包在我身上！"

可是苏波怎么也不愿意化妆。

徐小小急得找来了肖老师。

肖老师把苏波从座位上拎起来说："什么时候了，还瞎来！来，来，来，我替你化妆。"

苏波一把甩开肖老师，涨红着脸说："只说演巫婆，又没说要穿女人的衣服，戴女人的头发，化成女人脸。"

肖老师眼睛一瞪："苏波，你敢！"

"这么复杂我不干。"苏波横下一条心，"肖老师你杀了我吧。"

见苏波决心大，肖老师只好妥协："好，好，发套就不用戴了，你赶紧把衣服换上。妆简单一些。"

"那可不行，"徐小小急得跳脚，"会影响整个剧效果的。"

肖老师用眼神制止她。

只可惜苏波不领情。

"不演。"他缩在凳子上，"穿女人衣服，你杀了我吧。"

"杀，杀，杀！"肖老师气得语无伦次，"都什么时候了，你们，捣乱，丢班上的脸……"

"不演就不演！"徐小小恨恨地冲苏波说道，接着又一把揽过我站到肖老师面前，"肖老师，让谢萱上，谢萱也演过！我就不信地球少了谁不转。"

肖老师无可奈何地看着我们，也不顾我拼命地摇头，命令地说："谢萱马上化妆，苏波跟我到办公室去。"

大操场上密密麻麻的全是人，排在我们前面的节目是高一的男声小合唱，看着他们一点一点的后脑勺，我紧张得手心里全是汗，腿抖得站也站不直。

徐小小不停地给我打气："萱，别怕，你一定行。"

张园原也凑过来说："在班上演得挺好的，没什么了不起。"

奇怪的是一上场我反而不怎么怕了。一句句台词熟悉地溜到嘴边，难得的做主角的欲望像欢欣的鼓点一下一下敲击着我的心扉。结果，我和我的同学都发挥得异常出色。演出如徐小小所料，再一次取得成功！好多高年级的同学笑得腰都直不起来，掌声像春雷一样响彻云霄。肖老师的脸上也露出了笑容。

散场后才看见苏波，背着个大书包，一踏一踏地走在我和徐小小的前面，徐小小不屑地往前啐了一口说："缩头乌龟。"

那晚徐小小又打电话给我,电话里她的声音是压抑不住的开心:"这下校文艺部不会再小看我了。阿萱,谢谢你,你演得真好。我早就说你是最好的人选,偏偏肖老师要什么反串,差点吃苏猴子的大亏。"

徐小小最后的一句话总让我觉得有点"此地无银"的味道。不过我还是很高兴,为自己高兴,原来我也是一个能上台面的人。

14

因为高兴,第二天我起得特别早,去学校也特别早。教室里还没几个人,黑板上赫然画着一只硕大的活灵活现的乌龟,旁边还写了一行小字:"猴子变乌龟"。毋庸置疑,一定是徐小小指使男生们干的。

同学们三三两两开始进教室,看看黑板,大都吃吃地笑,没有谁去擦它。班长毛蔚倒是想,被她的同桌许扬小声制止了:"急什么,离上课还早呢。"

苏波埋着头死死地坐在他的位子上,肩斜斜的,透着一种委委屈屈的倔强,就像初一的那一次,我满教室写了他的外号。男生也应该是很有自尊的吧,男生的自尊受到伤害一定比女生还要心酸。这么一想我也不知从哪儿来的勇气,冲上讲台,三下两下擦去了那只让这个本应紧张的早晨变得分外多彩的大乌龟。

那时,徐小小正兴高采烈地背着书包走进来,看着我的动作,笑容忽地僵在她脸上。

我喜欢六月的阳光,不急不缓,就像我若有若无的心事。

苏波从校园青青的葡萄架下走过,他说:"谢谢你哎,谢萱。"苏波的眼睛真小,阳光下,眯缝着,像林忆莲。我就扑哧一笑。

一切好似梅子的那首歌:"流水它带走光阴的故事改变了两个人,就在那多愁善感而初次流泪的青春……"

当徐小小迷途难返地踏进爱情的旋涡时,我和她之间的友情已褪色成一片苍白。

15

放学路上代替我走在徐小小身边的是高二一个叫周鸣的男生，校文艺部的部长。徐小小说话又开始要命的嗲声嗲气，像还没发育那会儿。我曾不经意目睹过他们的约会，就在我们小区的花园边，两人低着头窃窃私语，手牵一会儿松一会儿，犹如电视里地下党接头。那时的徐小小和我再无知心话可言，友谊走时像来时一样猝不及防。大家都说：徐小小重色轻友。我只觉得自己骨头轻，宁愿是自己谈恋爱抛弃了徐小小。

不过像周鸣那样的男生我是不会喜欢的，整日里油腔滑调，上次写给徐小小的贺年卡上还把"上帝保佑你"写成"上帝保拓你"！错别字先不说，男生居然信上帝，我就瞧不起。至于我心中目喜欢的形象很有些模糊，说不上来，也许是还没有遇到。就是遇到了，我想我也绝不会像徐小小那样闹得满校风雨。悄悄放在心里，该是很美的才对。

肖老师为徐小小的事气得七窍生烟，可是她劝不住徐小小，谁也劝不住徐小小。为她的事，我们班好长时间没拿到流动红旗，据说肖老师还丢掉了优秀班主任的称号，大家都忿忿不平地说：徐小小昏了头。

那天是语文课，徐小小竟忘了带语文书，肖老师很不高兴地叫她回家去取。徐小小说忘了带钥匙，肖老师就讥笑着说："徐小小，你这也忘那也忘，怎么就忘不了谈恋爱。"

徐小小先是一愣，然后短促地笑了一声作为抗议。

肖老师气得把手里的粉笔头一扔说："笑什么笑？你一个大姑娘，知不知道羞耻？"

"我当然知道！"徐小小牙尖嘴利地回嘴，"不就是忘拿书嘛，以前也有别的同学忘了拿书，你为什么不让他也回去取呢？"

肖老师把教案猛的一拍，粉笔灰四下乱溅："徐小小，我当了二十几年老师，不用你来教我怎么做，你给我马上出去，不叫你家长来，别再进我这个教室！"

徐小小和肖老师对峙了几秒钟，大家都以为她会收拾书包冲出教室，哪知她摆摆身子，竟慢慢地坐回座位上，一副"你奈我何"的表情。

全班同学大气都不敢喘。

肖老师这下倒平静许多，她也端一张凳子坐下来慢条斯理地说："你徐小小不出去，我今天就不讲课，浪费了大家的时间我看你怎么赔？"

"哼。"事到如今，徐小小也豁出去了，低着头咕噜说，

"是你自己不讲课的，怪得了谁？"

肖老师腾地站起来，冲到徐小小旁边，把她从座位上拎起来："你跟我到校长办公室去，我这个班开除你，小小年纪不学好，还治不了你了，笑话！毛蔚带大家自习，谁不认真把谁的名字记下来交给我。"

徐小小终于被肖老师扭出了教室。她们一走，全班一片哗然。

"徐小小一定吃错药了。"张园原说。

金铃说："不对，不对，是失恋，有人说周鸣是花花公子，失恋才会失常嘛，对不对？"全班同学笑得花枝招展不可收拾。

下课后我趴在栏杆上晒太阳，苏波从我旁边经过，装作漫不经心地和我说话："你在担心徐小小？"

"她的事和我无关。"我说。

"你不会这么无情。"苏波了然于胸的样子，"你们曾经是好朋友，你不会忘的。"

苏波的话让我的心里倏地温暖起来，我知道他是在拐着弯表扬我，说我是一个善良的女孩。男生都这样，不愿直来直去地说谁好。苏波也在栏杆上靠着，和我隔着一定的距离，斜着眼看过去，我发现他长高了许多，也不再那么黑，脚上的球鞋似一艘小船，笑起来，还露出一颗很尖的牙。

徐小小趴在我的肩上，哭得快要昏过去。我像个母亲一样拍着她的背，有些无所适从，又有些自以为是。没想到我居然能成为另一个人的主心骨。

"我不要回家，我爸会打断我的腿，"徐小小呜呜咽咽地说，"他可不像我妈那么好说话。"

"兵来将挡，水来土掩。"我安慰她，但是我不知道我是不是该管徐小小的事，因为徐小小的事一件接一件，都不是一般的事。

16

按徐小小的请求,我在放学路上截住了周鸣。

"小小挨打了,老师还要她当着全班做检查。"我说,"她叫你拿主意。"

周鸣把额前的头发一甩,笑嘻嘻地说:"你就是谢萱吧,演巫婆的那个?"

"说正事呢。"我不高兴。

"徐小小?"周鸣叹口气,"小女生就是小女生,一点鸟事就闹得翻天。"

老天!等我反应过来周鸣在说脏话时,慌得想拔脚而逃,周鸣却古怪地笑起来:"你脸皮这么薄,怎么是徐小小的朋友?"

我恨恨地说:"小小瞎了眼。"

"哟,疾恶如仇,不如你来帮她出主意。"

"那怎么会一样?"

"怎么不一样,大家都是朋友。"

"朋友?"

"朋友。"周鸣促狭地说，"男生和女生难道就不能是朋友。"

我掉头就走。

到小小家，把周鸣的话一转告，她一听"朋友"两个字就尖声叫起来，连连说道："我杀了他，杀了他！"慌得我连忙去堵她的嘴："小心，让你妈妈听见。"

"听见就听见，"徐小小伤心地抹着眼泪，"我都不要活了，还怕什么。"边哭边从抽屉里拿出一把小刀说："这是我爸给我的瑞士军刀，杀人轻而易举。"

"小小你别瞎说。"我把她的刀抢过来说，"这世上没有解决不了的事，再说，我不会丢下你不管。"徐小小热泪盈眶地看着我，半晌问道："阿萱，你有多少钱？"

"二十来块，做什么？"我问。

徐小小俯过身来，神秘地说："我要离家出走。"

"那可不行！"我连连摆手，"有个闪失不得了。"

"嘘！别嚷嚷。"徐小小有些得意地跟我解释，"又不是真正的离家出走，我就在附近躲起来，让他们着急得不得了，到一定的程度我再回家，这事就该过去了。让我在全班做检查，金铃还不笑掉所有的门牙，说什么也不能做。"

"可是，你躲在哪里呢？"

"你还是不要知道为好，到时候你立场不坚定，没准会把我供出来。不过我会时常和你联系。"徐小小把手放到我肩上，运筹帷幄地说，"游戏何时终止，就看你对事态的把握程度，我妈胆子小，不能让她吓出病来。总之，你说回来，我就回来。"

徐小小的钱和我的加起来最多够她在外面游荡三天，徐小小悲凉地说要是餐餐吃面条说不定够五天用，软软地靠着我，她说："好阿萱，你帮人帮到底。"没办法，我只好找梅子借钱去。

我结结巴巴地说明来意，梅子问："借钱做什么呢？"

我不想出卖小小，又不想欺骗梅子，只好不说话。好在梅子爽快地说："好了，好了，不说也没什么！我相信你不是去做坏事。"

"真不是做坏事。"我保证说。

可是借了钱出来后我却有些犹豫，这样帮徐小小，是不是正确的？真正的友谊究竟是不是这个样子？要是被肖老师知道了，她一定会用一个常用的词：为虎作伥。

可是又有什么办法呢，我是"骑虎难下"啊！

17

说来好笑,徐小小这次周密的自以为天衣无缝的安排可用四个字来作为结尾,那就是:离家未遂。

她爸爸妈妈在她离家的前一天晚上从她书包里搜出了一张"出门在外安排表",徐小小在表上将她离家期间要做的事做了详尽的安排,包括什么时间听随身听什么时间背英语单词。这一行动是在徐小小熟睡之后进行的,其实她父母的本意是想搜出一两封周鸣写给女儿的情书,看看他们"究竟发展到什么地步",却没想到有这一份意外的收获。

受到严密监控万般沮丧的徐小小只好站在讲台上做检查。检查稿是在我的协助下完成的,最后我还替她抄了一遍。

"看着我的字你也许会好受一些,"我说,"就当是替我检讨。"

那时电视里正在放《水浒传》,徐小小感激地说:"阿萱,你真是比及时雨宋公明还要宋公明。"

"可是,"我说,"你得答应我以后不再胡来。"

"好哩,好哩。"徐小小发嗲地应允我。

几天后，徐小小申请离开了校文艺部，她强作欢颜地对我说："等我念高中时再卷土重来，那时，我可是要做部长的。"

我喜欢英语里"明天"这个词的发音"Tomorrow"，读起来朗朗上口，让人充满遐想。明天啊明天，有谁知道我的明天该会是什么样，都会做些什么，会不会长得更漂亮，是不是有钱，有没有人喜欢，敢不敢大声地歌唱。

很长的一段时间里我怕吃饭。

因为一吃饭爸爸妈妈就会讨论我毕业后何去何从的问题。爸爸希望我继续念普高，他说现在只要有钱，谁都能上大学，小孩还是多念点书好，大人苦一辈子做什么，还不都是为小孩？妈妈却希望我念职高，她认为现在这么多人下岗，将来找工作是越来越不容易，不如快刀斩乱麻。两人就这样争过来争过去，害得我心烦意乱，每顿饭都吃不饱，晚上不到十点就到处找零食。偏偏妈妈还说："瞧瞧这孩子，长身体的时候，怎么喂也喂不够。"说得我脸红脖子粗。

我也知道我的父母并没有对我抱多大的希望。不像许扬的爸妈想她上北大，徐小小她妈指望她出国留学，张园原他爸爸渴望他成为计算机博士，金铃她妈妈巴不得她考上中央戏剧学院……而我只要平平安安长大，有一份能养活自己的工作，好像就应该很不错。

我蛮伤心的，是我的平庸让他们忘记"望女成凤"这个成语。

抽空把上次借的钱还给梅子,梅子问我:"初三很苦吧?"

我摇摇头说:"说不上来,我又不是好学生。"

"小萱,"梅子鼓励我,"你得拿点精神出来,你们学校是有名的重点,要能留在你们学校念高中,什么大学考不上?"

"家里可能要我念职高。"

"你自己呢?"

"说不上来。"

梅子温和地说:"还是多念点书好,要不像我,拿起笔来写封信都开不了头,寒酸。"

"可是,"我望着梅子,"你歌唱得那么好。"

"那有什么用,总不能唱到八十岁。"梅子拉过我的手,"好了,好了,认识你这么久,还没听你唱过歌。来,我替你伴奏,你唱首歌给我听。"说话间就将我拉到了台前。

"我不会唱歌。"我说。

梅子不高兴了:"不够意思哦。"

"真不会。"我赌咒发誓,脸憋得通红。

"念书念迂的。"梅子笑着,一把推开我,给吉他手一示意,歌声顷刻而起:

再为我歌一曲吧

再笑一个凄绝美绝的笑吧

等待你去踏着

踏一个软而湿的金缕鞋

月亮已沉下去了

露珠们正端凝着小眼睛在等待

……

我在梅子的歌声中走出"红房子"。真怕有那么一天，梅子和梅子的歌就突然地消失了。像童年时有过的那些五彩斑斓的梦幻，红色的蜻蜓和黄色的气球，也像我曾经动人的歌喉，只因一次小小的不测，走了，飞了，就再也不会回来，再也杳无音讯。

梅子追出来，对着我做了一个调皮的飞吻："小萱，加油干，考不到好成绩，你可别来见我。"

然而，我就真没见过梅子。

18

不是我考不了好成绩,而是梅子失踪了。

梅子的失踪让我初中最后一个寒假过得魂不守舍。那个长发的吉他手不肯告诉我梅子去了哪里,只是说,梅子留下话来,不管何时回来,一定会去我们学校找我的。

徐小小分析说:"梅子一定是被唱片公司看中了,正在接受培训,唱片公司在培养一个新人之前,是要绝对保密的,这叫'提防挖角'。"

"有那么严重吗?"我不信,"总不能说走就走吧。"

"为什么不能?你没见那些歌星,说出名就出名,谁知道她前一天在做什么。"

徐小小的话让我的心里稍稍放心了一点,要是梅子真的成了著名歌星,我可就是歌星的好朋友了,哇,那可不得了。

"所以你一定要考上我们学校的高中,要不梅子将来到哪里找你才好。"徐小小提醒我。

"这倒是。"我说。

"你也别得意,"她又打击我,"到时候梅子不一定记得你。"

这我倒是不担心，因为我清楚，梅子不是那种轻飘飘的人。

春天来了。这个春天我的身体发生了很多的变化。我为它恐惧，也它为欣喜。满心满怀的对未知的渴盼和追求里，我开始体验到"少女"这个词的甜蜜意味所在。看寒冷的外衣在城市轻轻飘落，贮存了一冬的压抑也烟一样散去。我感觉自己像羽翼正丰的鸟，渴望着飞翔的日子早日来临。

初三复习得最昏天黑地的时候，仇老师突然回来看望我们。仇老师毕业后并没有做老师，而是去一家大企业做了秘书。她的头发烫过了，衣着也比从前光鲜了许多，但人还是像从前一样的亲切。大伙儿见了她都很高兴，特别是一些脸皮厚的男生，拼命地往仇老师身边蹭，问长问短，下午最后一节自习课名存实亡。仇老师说她是来鼓舞军心的，希望我们班能打个大胜仗，最好全都留在本校高中部，实在留不下来的，也能上二类重点。考完了她带我们全班去爬山，包客车的钱由她出。很多人激动地大叫，又有不少人拿出毕业留言册请仇老师也写上几句话。徐小小拉我说："走，我们也去。"我有些不好意思，徐小小就拉下脸来批评我："你这人就是这样，一点台面也上不了！"

哪知这话竟被仇老师听见了，她喊过来说："谁说的，谢萱的巫婆演得棒极了。"

仇老师的大眼睛笑笑地看着我，我就愈发思念起梅子来，我真想对她说，上次模拟考，我的数学破天荒地上了95分，连肖老师都表扬我了。可是梅子,你在哪里呢?你会不会也像仇老师这样"哗"的一下就出现在我的面前,有一些小小的变化也不要紧,关键是我们依然那么熟悉,就像从来不曾分离。

那天回家,仇老师还和我们同行了一段不短的路。仇老师说真的很想念我们班,真有些后悔毕业后没有选择教师这个职业。

徐小小老道地说:"这是个经济决定一切的社会,您现在一个月挣的钱比做老师多得多,就比做老师更能体会到自身的价值,有什么后悔的。"

我说:"仇老师您要是做老师一定是个好老师,要是愿意,再回来教我们,谁敢不欢迎你。"

"真那么容易就好了,"仇老师扶着我的肩往前走,"有些路是不能也不好回头的,等你们长大了就知道了。"

我们在十字路口和仇老师分手,仇老师很快就汇入人流,不见了。徐小小感动地说:"仇老师是真想我们,她今天眼睛都红了好几次。"

19

再转个弯,就是"红房子",走过它的时候我下意识地加快了脚步。徐小小从后面跟上来说:"见到仇老师就想梅子了是不是?"

"想有什么用,"我说,"梅子早就把我忘了,说走就走,一点人情味都没有。"

徐小小探询地说:"你真的想知道梅子在哪里?"

"你知道?"我急得快跳起来。

"在戒毒所。"徐小小平静地说,"梅子吸毒,很长时间了,戒不掉。"

"你怎么会知道?"

"警车来的时候,"徐小小说,"我正从这儿过,他们说,有人嫉妒梅子,所以告发她。"

"你神经病,"我大骂,"梅子才不会是那种人。"

"知人知面不知心。"徐小小也冲着我大吼,"你不也这样说过周鸣吗?我是怕你伤心才不讲的。"

"小小,"我说,"没事不要开玩笑。"

"我开玩笑。"徐小小笑眯眯地说,"真的,我只是想吓你一跳。"

可是这下我相信了。我的第六感告诉我徐小小的话是真的,就像她曾经告诉我,梅子会突然消失一样,可惜当时我没有在意。

徐小小挽住怅然若失的我,说:"好了,赶紧回家用功吧,等梅子将来做了歌星,是不会认一个没出息的妹妹的。"

那天回到家里我饭也不吃,拼命地做一张物理试卷,遇到做不出来的题,就拼命地扯自己的头发,有点破釜沉舟的味道。妈妈叫我吃饭,见我半天不应答,就进房间来拖我,一拖就把我的眼泪给拖了出来。妈妈惊得非同小可,连忙抱着我问是不是出了什么事,爸爸也进来了,两张忧国忧民的脸无可奈何地看着我哭。我这一哭还真有些身不由己,好半天才吐出一句话来。话倒是挺长,也说得挺溜,我说:"求求你们别让我念职高,我暑假里去打工,卖报纸,洗盘子。我保证不让你们花太多的钱,我想多念几年书。将来的社会,谁也瞧不起没知识的人。"

爸爸妈妈面面相觑,不顾我仍泪流满面,竟一起乐不可支。

不管我们来自哪里,不管我们愿意不愿意,不管是忧伤还是快乐,不管是春天还是秋天,我们总是无法阻挡青春的脚步,无法躲避这一路的阳光和风雨。我们总是要在这个花开的时节悄悄地告诉自己:我已长大,多好,按时长大。

20

考试的前三天，课停了。

肖老师迈着大步走上讲台，她说："说真的，我比你们还要紧张，你们交的试卷，也是我这个班主任要交的试卷，究竟能不能见人，很快就会见分晓。只剩最后的三天了，虽说是临阵磨枪，不快也光，但我还是要提醒大家注意劳逸结合，不要把身体给弄垮了。"说到这里她说，"这恐怕是我当了三年班主任说得最有人情味的一句话吧。"全班哄堂大笑。

在我们的笑声里肖老师说："再没什么过多的话了，祝大家都取得理想的成绩。"

那天全班散得有些依依不舍。大家把藏了很久的留言本传来传去，肖老师也没有制止。金铃的本子不经意传到了徐小小的桌子上，徐小小想了想，在上面写了五个字：祝前途似锦。事后徐小小对我说："我写的是真心话，我希望我们班每个同学都有出息。说实话，肖老师也怪不容易的。"

正说着呢，身后突然有人叫我的名字，回头一看，竟是苏波。

"谢萱，"他叫我，"你来一下好吗？"

走近了，苏波有些扭捏地说："考完后你最想做的事情是什么？"

我奇怪："问这个做什么？"

"不说就算了，"苏波宽宏大量地说，"还是说说我最想做的吧，我想请你看电影，成龙的大片，你会不会答应？"

我一时不知该怎么回答，苏波赶紧说："我没有别的意思，只是想谢谢你，我考虑很久了，觉得这样谢你比较好。"苏波的个头真是长了不少，穿着很白净的衬衫，站在我面前，低下来和我说话，我的脸就微红起来。

"你可以和徐小小一起来。"苏波说，"考完了，就该好好疯一下，初中三年，可不是白苦的。"

"谢谢你。"我说，"一定来。"

苏波很高兴地走了。徐小小兴奋地拖住我说："苏波都和你说些什么，他是不是心怀不轨？"

"哪里，"我说，"他问我考完后最想做什么？"

徐小小一听来了劲，咬牙切齿地说："我最想做的事就是撕书，把再也用不着的课本一页一页地撕成碎片，一定很过瘾！"末了才想起问我："你呢？"

"还没想好。"我说。

"撒谎。"徐小小揭穿我，"要去看梅子对不对？"

我点点头,搂住她说:"知我者莫若小小。"

路过"红房子",发现有一批工人拿着各种工具三三两两地进进出出,徐小小跑过去问道:"怎么了,怎么了,怎么回事?"

有人说:"关门了,改建电子娱乐场。"

我一听,急得不由分说地往里冲。里面一片狼藉,那个小小的舞台还在,只是不见了各种乐器,不见了梅子,也再也寻不到梅子的歌声。长发的吉他手满手拎着东西从后台走出来,见了我,很高兴地说:"梅子说你会来,没想到你真的来了。"

"梅子呢,梅子在哪里?"

他笑笑,递给我一盘录音带说:"这里面都是梅子唱的歌,她说她信写不好,就不写信了,要我告诉你,有一本作文本她会一直收藏,做一个小女孩的偶像,可不是一件容易的事。"

泪水慢慢地溢出我的眼眶。

"还有吗,"我问,"梅子还有没有说什么?"

吉他手看着我,笑容竟和梅子一模一样:"她让我问你,下次见面,愿不愿意唱首歌给她听?"

徐小小从后面凑过来,声音很小地说:"对不起,有一次梅子问我你是不是真不喜欢唱歌,我就讲了你上课唱歌的事跟她听。其实阿萱,初中就快过去了,你难道还没有忘记那些不愉快的事？我都忘得一干二净了，真的，包括周鸣。忘光了。"徐小小一面说一面做着夸张的手势，生怕我不相信。

　　这时，吉他手的背影就快在门口消失，我冲着他没命地大喊："告诉梅子，我会等她回来，我要和她进行歌唱比赛，我不一定会输给她。"

　　那晚，我做了一个很美的梦。我梦见我乐此不疲地唱啊唱，梅子从我身边走过，她有黑色的短发和灿灿的笑容。她用温暖的掌心握住我，说："来，阿萱，我带你去一个好地方。"

　　我知道，梅子要带我去的是一个崭新的世界。在那里我将拥有更成熟的头脑和更勇敢的心，并靠它们去选择每一条通向未来的路径。不说后悔，不再犹豫。

　　因为，我已长大，多好，按时长大。

页行文化
YEXING CULTURE